contents

どうしようもない恋　5

あとがき　253

〔一〕

「え……。ですから、この予算に関しては是非ともご配慮いただきたく」

財務省の若きエリートである東宮柊夜《とうみやしゅうや》は、そんな言葉とともに深々と下げられた禿頭《はげ》を冷ややかに見つめ返した。

財務省は国の予算配分で、各官庁に対して強大な権限を有している。

だからこそ、次年度の予算の上積みを求めて、このような陳情《ちんじょう》が引きも切らない。特にもともとの予算規模が小さな省庁では、数億上積みされるのは大きな意味を持つ。

だからこそ省庁トップクラスが、こんな二十代後半の若造にぺこぺこと頭を下げることとなるのだ。

財務省は最強省庁と言われ、そこに集《つど》う官僚はエリート中のエリートだ。

東宮はそんな財務省に入って五年足らずであり、その地位は本庁係長にすぎない。だがその優秀さと、いかにも官僚じみた怜悧《れいり》な美貌と不遜《ふそん》な態度で、周囲から一目置かれているようだ。

何より直属の上司である黒瀬《くろせ》課長に、何かと目を掛けられているのが大きいと実感していた。課長の秘書的な役割をこなすことも多くある。今回もその課長に面談を頼まれた案件だ。

大切な相手なら、課長が直接会うのがセオリーだ。自分に代役を任される面談者は所詮《しょせん》は雑魚《ざこ》であり、まともに取り合わなくとも問題はない。

——そろそろか。

義理を果たすための面談時間が経過したことを腕時計で確認し、東宮はテーブルの上にあった資料をまとめた。そんな退去の合図を受け取って、相手は立ち上がり、また深々と頭を下げた。

「是非とも、よろしくお願いいたします！」

財務省以外の省庁となると、トップでもここまで頭を下げなければならない。そんな立場に、哀《あわ》れみの感情までわき上がってきた。

「わかりました。そのご意向を、上に伝えます」

そう伝えると、東宮は面談を終えて自分の机があるフロアまで戻った。その途中で、黒瀬課長の席に立ち寄る。

今は十月で、予算編成のまっただ中だ。

定時をとっくに過ぎた午後九時という時間であっても、職員はまだ半分以上はいた。

財務省と各省庁の間で、予算に関してのヒアリングがされる時期だ。予算の大枠が決まってからでは、予算案は動かしがたいものとなる。

それ以前にどうにかして上積みを勝ち取ろうと、何かと面談が入るタイミングでもあった。

偉い人が自分にぺこぺこすることに慣れすぎて、東宮の感覚は半ば麻痺していた。新人のころこそ多少は興奮したものの、今は面倒だという感情しか生まれない。

今回の陳情の要旨を伝えるために黒瀬課長を探したが、あいにく帰宅した後のようだ。机の上に資料とメモ書きを残して、自分の席に戻る。

――俺も帰ろ。

少しの間離席していただけで、机の上にはごっそりと書類やメモが置かれている。急ぎのものだけ対応してから、東宮は鞄《かばん》をつかんだ。

「帰ります」

こういうのは、割り切りが大切だった。仕事はいくらでもあったし、若手のうちは働かされるだけ働かされて、そのタフさを認められたものだけが生き残るサバイバルだ。だが、五年目ともなれば手を抜くポイントもわかってくる。まだ十月だから、忙しさは本番ではない。本当の繁忙期《はんぼうき》に戦える体力を残しておくために、休息も必要だった。

階段を下り、財務省のビルの正面玄関を出たときには、すでに外は真っ暗だった。

最寄《もよ》り駅は霞ヶ関《かすみがせき》駅であり、地下鉄への出入り口が信号を渡った日比谷《ひびや》公園側にある。そこに向かって歩き出した東宮だったが、ふと視線が玄関脇の柱の陰に向いた。

――え。

誰かと待ち合わせをしているかのようにたたずんでいる、コート姿の人物に視線が吸い寄せられる。

まず、そのシルエットがよかった。霞ヶ関に多いビジネススーツ姿ではなく、少しドレス感のあるトレンチコートだ。

広い肩幅を見せながらも全体的にはすっきりとしていて、肩から長くマフラーを伸ばした姿が気障《きざ》でもあった。

だが、その洒落《しゃれ》た姿がさまになるのは、モデルなみに顔が小さくて、全身のバランスがいいからだろう。通りがかった女性が、わざわざ振り返ってまで彼を見ているほどだ。

だが、その男を目にした瞬間、東宮の顔は強《こわ》ばった。

——あいつだ。

見ただけで鼓動が乱れる。一番会いたくて、会いたくない因縁《いんねん》の相手だった。

とにかく、一目見ただけでドキッとするほどのハンサムであることは間違いない。

すっとした鼻梁《びりょう》に、まっすぐな眉の下の甘い眼差《まなざ》し。形のいい唇。日本人らしい涼やかさがあるのに、とにかく整いすぎていてインターナショナルにモテるだろう、と思わせるほどの美形だった。笑顔もチャーミングだという評判で、学生時代から付き合って欲しいと言ってくる女性を断り続けるだけで大変だったという逸話《いつわ》の持ち主でもある。

この顔で、通学中にすれ違うだけの女性を数知れず虜《とりこ》にしてきた男だ。バレンタインデーには名前も知らない相手から、いくつもチョコレートを渡されていた。

——顔がいいだけで、中身はクズなんだけど。……まぁ、これだけ顔がいいと、一定の鑑賞価値はある。

そのことは認める。姿を見ただけで、東宮の感情も嵐のように揺さぶられるほどなのだから。

財務省の玄関の前に立っているということは、自分に会いに来たに違いない。

だが、この男とはもう一切関わりあいにならないと決めていた。

それは、五年も前の話だ。そのときにどれだけ迷惑をかけられたのかを思えば、この決意は一生守っていきたい。

ここで見つけられたら、うるさく話しかけてくるに違いない。だからこそ、その男に発見されないようにさりげなく顔を背《そむ》け、柱の陰に隠れるようなルートで、東宮はその付近をすり抜けた。

だが、信号を渡り終えたところで気配に気づいて振り返ると、すぐそこにその男が立っている。人懐っこく笑いかけられただけで、五年前に何をされたのかを忘れて、その顔に見とれそうになるから因果《いんが》なものだ。

「ひさしぶり」

間近で見ると、その輝くようなハンサムさをあらためて認識せざるを得ない。

それでも、この男に少しでも隙を見せないように、東宮は仏頂面《ぶっちょうづら》で吐き捨てた。

「よくも俺の前に、そのツラを見せられたもんだな」

五年前の自分と、今の自分は違うはずだ。

財務省でさんざん、鍛《きた》えられてきた。

すでに東宮のことは、省内でも噂《うわさ》になっているようだ。若手の一番の切れ者で感情が読み取れず、どんなにプレッシャーをかけられても顔色一つ変えないと。

だからこそ、東宮はろくでもない提案をしてくる与党議員へのレクチャーに送り出されることが多く、海千山千《うみせんやません》の議員からの圧力にも負けずに、財務省代表として言いたいことを伝えてきた。

そんな東宮の鍛えられた刃は、今の相手には通じそうもない。

その声には殺気すらこめられていたのに、彼はそれを全く気にすることなく、涼しげに笑ったからだ。

「元気そうで、何より」

三隅陸《みすみりく》。

東宮が中学高校と通った都内有数の進学校の同級生であり、唯一の親友でもあって、学年トップを競いあった男だ。

だが、三隅は東大にトップ入学したものの、途中でドロップアウトした。

消息不明になっていたその三隅が、いきなり東宮の前に現れたのが五年前のことだ。ひどくよれよれとした姿で、しばらく泊めてくれと東宮のワンルームマンションに転がりこんできたのだ。

――そのときは、すごく当惑した……。実は、とても嬉しくもあったんだけど。

何せライバルであって、初恋の相手でもある。

高校の卒業式の前日にお互いの気持ちを確認するような、最初で最後の出来事があったが、大学に入学してからは、学部が違うから顔を合わせることも滅多《めった》になくなっていた。

そんな三隅が自分を頼ってくれたのだ。

どうにか努力して克服してはいたものの、東宮は極端な人見知りだ。他人にはまず心を許すことはない。

だが、三隅はまるでタイプが違っていた。

するりと他人の心に入りこんで操《あやつ》る術を心得た、天才的な人たらしと言えた。自分の容姿や魅力を熟知していて、相手が欲しいものを見抜いて、それを惜しみなく与えていく。高校のときですら、三隅のためなら死ねる、という女性が何人もいたはずだ。

――末恐ろしい、とは思ってたけど。

恋愛経験の少ない東宮など、今になって思ってみればチョロすぎる存在だったことだろう。

五年前は舞い上がって三隅を部屋に迎え、欲しいものは何でも与えた。三隅は口がうまいから、申しわけなさを漂わせながらお願いされると、拒むことはできなかった。

それどころか恋心を見抜かれて肉体関係を重ねたことで、東宮は心と身体の両方ともで陥《かん》落《らく》され、人生の春を謳歌《おうか》した。

人生にとって大切なものは、勉強や仕事ではないのかもしれない。そんなふうにすら思ったほどだ。

こんなにも自分が、恋愛面でグスグスになるとは知らなかった。心まで溶かすような甘ったるい感情や切なさを思い知らされ、このまま三隅に何もかも与えて、自分は破滅《はめつ》してもいいとさえ思えた。

――だからこそ、利用されたんだ。この男に。

三隅はその滞在の最終日に、東宮をべろべろに酔わせて何かの書類にサインさせた。そのときの記憶がおぼろげに残っている。

その翌日に、三隅の姿は消えた。

その書類が何だったのかは、それから一ヶ月後に借金取りが現れたことでわかった。

三隅は事業を興《おこ》して失敗したことで多額の借金を作っており、東宮はその借金の借り換えの連帯保証人にされたらしい。もしかしたら、そもそも三隅はその借金を押しつけるために自分の前に現れたのではないだろうか。そんなふうに、疑わずにはいられなかった。

すでにそのときには、三隅と連絡が取れなかったからだ。いくら電話をかけても、メッセージを送っても、全てブロックされて戻ってくる。

それが、五年前のことだ。この男に負わされた借金は、五百万あまり。四年かけて、こつこつ返済した。

そんな騙《だま》し討ちのような形で自分を利用した三隅が、こうしてのうのうと顔を見せられるということ自体、東宮には理解できない。

だからこそ、隠しきれない怒りを叩きつけていた。

「ああ、そうか。俺に背負わせた借金を返済してくれるつもりで来たのか」

もとより、三隅には何も期待していない。

三隅にはろくでもない噂が、学生時代からつきまとっていた。女性複数と付き合っているだの、金持ちっぽい女性と高級車に乗っているのを見ただの、あいつはヒモだの、女から金を巻き上げているだの、それこそ数え切れない。

それらはモテる三隅に対するやっかみに違いないと思っていたものの、惚《ほ》れた欲目で目が曇っていたのは東宮のほうだった。本当に三隅はろくでもない。自分とは常識が違うのだから、付き合わないのが得策だ。

あんな形で五百万の借金を背負わせるような不誠実な男が返済などするはずがないのだから、目的は新たなる借金に違いない。東宮はため息とともに思う。

——詐欺《さぎ》の被害者は、新たな詐欺の被害者になりやすいんだってな。一度は騙される余地があったってことだから。

　だからこそ、自分がまた利用できると三隅に判断されたことが、不愉快でたまらなかった。

　二度と騙されまいと、東宮は心を引きしめる。

　前回は浮かれすぎていた。社会人になっただけで大人のつもりでいたし、学生時代からずっと好きだった相手に頼られることが嬉しかった。この男の本性を見抜けずに、地獄を見た。

　だが、さすがに二度は騙されない。

　冷ややかこの上ない目を向けても、三隅の完璧な笑顔は崩れなかった。

「前のときは悪かったたな。俺のほうとしては、すっかり借金取りをぶっちぎった気分でいたんだ。だけどあいつら、おまえのところに行ったんだって？　返済、大変だった？」

「おまえね」

　あまりにもいい加減な嘘に、東宮は呆《あき》れきってがみがみと言わずにはいられなかった。

「大変に決まってるだろ！　財務省も、若いうちは薄給《はっきゅう》なんだ。年収五百万にも満たないほどなんだから」

「にしても、おまえんちは金持ちだろ？」

　のうのうと返してくる。確かに東宮の家は官僚一家であり、一族郎党はかなりの地位まで上りつめるケースが多い。官僚時代は薄給でも、天下《あまくだ》りを繰り返すことでそれなりの生涯賃金を得ることになるのだが、東宮までその恩恵に与《あずか》れるわけではない。

「親に泣きつけとでも？　どう説明するつもりだ。学生時代の友達にうっかり色恋で騙されて、連帯保証人の書類にサインしちゃいましたって？　そんなことを口走ったが最後、おまえには注意力が足りないと死ぬほど罵倒《ばとう》されたあげくに、一銭も貸してもらえないのがオチだ」

「厳しいね、おまえんち。それに懐かしいな、おまえのその不機嫌な声」

東宮の殺気だった態度を、三隅はむしろ楽しんでいるように目を細めた。

笑ったときには、三隅の目は綺麗《きれい》な弧《こ》を描く。男の色香が漂うような三隅の、こんなときの表情は魅力的だった。自分がこの表情をすごく好きだったことが否応《いやおう》なしに思い出されて、東宮の心臓はどくんと鳴り響く。

三隅は存在するだけで、無条件に東宮の視線を引きつけた。その顔立ちは限りなく好みで、その全身は甘い毒だ。

だからといって、二度も騙されはしない。東宮でもかなわなかった頭のよさを、三隅は社会に役立てるのではなく、自分のために使っているのだ。油断できる相手ではなかった。

「だけど、薄給といえども給料はあるわけだろ？」

あくまでも過去の自分の悪行を軽く考えているような三隅の言いぐさに、東宮は腹が立ってたまらなかった。

「財務官僚の、特に将来出世しそうな官僚の銀行口座はな、不祥事を恐れる部門に常にモニターされてるんだ。不正な入出金があるような人間は、そもそも出世できない」

「そうなの？」

「そうだ」

「厳しいね。だけど、俺の借金は綺麗になってるって聞いたよ？　返してくれたのは、おまえだろ？」

不思議そうに聞いてくる三隅に、東宮は言ってやった。

「返したんだよ。俺が。全額！　しかたなくな！」

それがどれだけ大変だったのかを思い出すと、怒りが収まらなくなってくる。

「——若手官僚がどれだけハードな滅私奉公《めっしほうこう》を強制されるかは、おまえでも多少は聞いてるだろ。それこそ、過労死の危険と戦う毎日だ。その仕事をこなしながら、空いた時間にアシのつかない日雇いの道路工事などの仕事を入れて、せっせと稼いだんだ。それがどれだけ大変だったたか、考えてもみろ。一日の睡眠時間は、三時間あればいいほうだった。若かったからどうにかなったものの、死んだり大病をしなかったのが今でも奇跡に思えるほどだ」

ガリ勉してばかりで肉体労働などしたことがなかった東宮だが、職場に気づかれないように借金を返済するためには、それしか方法が見つからなかった。

思いきり恨みをぶつけた後で、東宮は三隅をじっくりと観察した。

どこかでのたれ死んでいる可能性もあると考えていたほどだから、生きていただけでも本当は嬉しい。五年の間に、また一段といい男になったような気もする。だが、この男とは金輪際《こんりんざい》付き合うつもりはないのだ。

そう思っていても、目が離せない。

今まで、どんなふうに生きてきたのだろうか。

身につけているのは、カジュアルだけど質のよさそうな衣服だ。食うものに困っていたというより、そこそこ恵まれた暮らしをしていたようにも思える。

だが、東宮はそんな三隅からあえて視線をもぎ離した。

「おまえからは、五年前の謝罪のちゃんとした言葉を聞いてはいないが、俺の前から消えてくれるだけでよしとする。——二度と、俺の前に姿を現すな」

高校生のとき、どうしようもなく恋に落ちた。

理屈とは関係なく、この三隅に惹《ひ》かれた。最初はライバルとして目障《めざわ》りな存在だったからだが、気づいたときにはただ顔を合わせるだけでもドキドキするし、触れられたら過剰に意識せずにはいられない存在になっていた。

勉強ばかりだった東宮にとって、三隅は自分に屈託《くったく》なく話しかけてくれる数少ない友人の一人だった。恋心を意識しすぎてことさら三隅に対して無愛想になる東宮のことを、やたらとからかってきた。

今でも、この男にひりつくほどの恋心を覚えている。死ぬまで、自分はこの男に惹かれ続けるのかもしれない。

それでも、人生には選択が必要だった。

自分は恋心なんかに振り回されない。そんなのに惑わされるのは、五年前までだ。裏切られたときに、二度と恋などしないと誓った。これから官僚トップの座に上りつめるまで、ひたすら出世のことしか考えない。

そのために、邪魔になる要素は切り捨てるだけだ。

その思いとともに、冷ややかな一瞥《いちべつ》だけを残して立ち去ろうとした。だけど、歩き始めると、三隅がその背に追いすがって横に並び、東宮の腕を強引に抱き寄せる。

「なっ」

いきなりのことで、ガードできなかった。慌《あわ》てて振りはらおうとしたが、背の高い三隅は腕をがっしり抱えこんで、離してくれない。その肉体の存在を服越しに感じ取っただけで、大きく鼓動が乱れた。

「せっかく会いに来たんだから、一杯だけ飲まない？」

人懐っこい笑みと同時に、耳元で囁《ささや》かれた甘い声にぞくっと身体が芯のほうから痺れる。

三隅は東宮のたぶらかしかたを、よくわかっていた。

それでも心をキツく戒《いまし》めて、東宮はその腕を振りはらおうとした。

「離せ！」

ここは、財務省のビルに近い。男とこんなふうにもみ合っているところを、同僚に見られるわけにはいかない。

「一緒に飲むって言ってくれないと、離さない」

三隅はますます腕を抱えこみながら、卑怯《ひきょう》にもそう言ってくる。男といちゃつく姿を、東宮が誰にも見られたくないと思っていると知っているのだ。こんなふうにされたら、承諾するしかなかった。

「わかった！　一杯！　一杯だけだからな。だから、手を離せ」

たった一杯だ。それだけ飲んで別れれば、妙なことにはならない。何せ自分が、それ以上のことを許さない。

だが、三隅はそんなふうに楽にあしらえる相手ではなかった。

翌朝、東宮は全身のけだるさに加えて、股関節の筋肉痛とともに目覚めた。

酒はスッキリ抜けていたし、溜まっていたものをひさしぶりに何度も出せて、肉体的には爽快だ。

だが、精神的にはたまらない後悔の念に襲われていた。

——俺、……最悪だ……。

ほぼ五年ぶりのセックスということになる。

三隅と一杯飲むだけのつもりだったが、そのときに一服盛《も》られたらしい。約束通り一杯だけ飲んで帰ろうとしたときには、東宮はすでに一人では歩けない状態になっていた。そんな東宮の身体を支えながら今の住まいを聞き出し、タクシーで颯爽《さっそう》と送ったあげくに、疼《うず》く身体の面倒まで見てくれたのが三隅だ。

——あいつ、……最初からそのつもりで……。

相手は外道《げどう》だった。そんな男とは、最初から一杯も飲むべきではなかった。

東宮は手で顔を覆って、深々とため息をつく。何を混ぜられたのかは知らないが、後遺症が出るケースもあるのだから、同意なしのそのような薬は絶対に使うなと言っておきたい。

昨夜はその媚薬の成分に浮かされて、いつになく恥ずかしい言葉や態度でねだったような記憶が残っている。

そんな姿に三隅も煽《あお》られたらしく、眠りに落ちたのが夜明けごろだ。

——う……。

だから、もっと眠っていたい。全身が睡眠を欲している。それでも目覚ましが五分おきにしつこく鳴るから、そろそろ起きる必要があった。あんな状態でも目覚ましをセットしたのだから、自分は官僚の鑑《かがみ》だろう。

――三隅は……？

ベッドからどうにか起き上がり、全裸のまま着替えを持ってバスルームに向かった東宮は、通りすがる室内に三隅を探した。

同じベッドにいたはずだ。

だが、将来を考えて広めの物件にした3ＬＤＫのどこにも、その外道の姿は見つからない。しばらく自分のところに居候《いそうろう》するつもりで押しかけてきたのだとばかり思っていたが、そうではなかったのだろうか。

――まさか、もう、帰った？　あいつが？

拍子抜けしたような気分になりながらも、東宮はまずはシャワーを浴びることにした。

全身に残る昨夜の痕跡《こんせき》に、後悔がのしかかる。

しかし、五年ぶりのセックスはとても悦《よ》かった。三隅はセックスがとても上手で、性体験に乏《とぼ》しい東宮でも忘我《ぼうが》の状態まで導けるほどだ。あのテクニックに、別れられなくなる相手もいることだろう。

鏡に映る自分の顔が、どこか昨日までとは違う気がした。肌もつやつやしていた。

何より全身に、満たされた感覚が残っていた。

終わった後には何度もキスしてくれて、抱きしめてもらったことを思い出す。

――あいつ、そういうところはそつがない……。何をして暮らしてたんだ？　やっぱりヒモなのか？

　三隅にその気がなかったとしても、あの容姿では女が放っておかないだろう。以前よりも磨《みが》きがかかったテクニックを思い出しながらも、東宮はシャワーを終えて部屋に戻った。

　やはり三隅はいない。本当にいなくなってしまったのだったら、あの男は何のために現れたのか。

　イきそうになるのを何度も焦《じ》らされながら、囁かれた言葉が蘇《よみがえ》ってくる。

『俺に会いたかった？』

　普段は理性が勝つから、余計なことは言えない。

　だけど、抱かれて深くまでつながっているときだけは、会いたかったと素直に言っていた。

　そのあげくに囁かれた殺し文句が、耳の奥に残っている。

『おまえと離れたくないんだ。しばらく、置いてくれるだろ？』

　――なのに、……当の三隅はどこに……？

　昨夜の恥ずかしさを思うと、東宮の目は据《す》わってくる。

　やっぱりそう簡単に、いなくなるとは思えない。

　髪を乾かし、アフターシェイブローションで肌を整え、ワイシャツとスラックスを身につけながら、リビングダイニングをうろつく。

　家を出るまで、あと三十分くらいだ。

朝食を抜くと頭が働かないから、出勤途中にコーヒーショップに寄って軽く食べるのを習慣にしていた。今日は落ち着かないから早めに出るか、それとも三隅を待っていようかと考えていたときだ。

玄関のほうから物音がした。

ネクタイを結びながらそちらのほうに向かうと、三隅がコンビニの白いビニール袋をガサガサさせながら戻ってきたところだった。

「おまえ」

どこ行ってたの、という言葉を呑《の》みこむ。見れば、一目瞭然《いちもくりょうぜん》だ。

「冷蔵庫に何もなかったから、買い出しに行ってた。簡単にメシ作るけど、食べるだろ？」

「ん」

東宮はうなずいた。

三隅の料理はおいしい。手早くちゃちゃっと作るのだが、以前聞いたら、食材における塩分の最適なパーセンテージを把握していて、そうなるように瞬時に計算しているのだと言っていた。

「何時に出る？」

キッチンに向かいながら、三隅に尋《たず》ねられた。

東宮は鳥の雛《ひな》のように、その背後を追う。

コンビニで買ってきた食材が、キッチンの調理台に並べられていく。食パンに、パックサラダが二つ。卵とハムに、牛乳。

「七時四十五分」

「じゃあ、ちょっとだけ待ってくれ。あれ、おまえんち、コーヒーなかったっけ」

「インスタントならある」

「いれて」

三隅がにこりと笑って、仕事を与えてくれる。

何で俺がコーヒーをいれなければいけないんだと思いはしたが、それくらいはかまわない。言われるがままにお湯を沸かし、カップを準備する。

その間に、三隅は素早くフライパンを熱してハムエッグを作り、それを焼いたトーストに乗せた。

あっという間にできた朝食をダイニングテーブルに運んでから、二人で朝食となる。

三隅がいつまで自分の家に居候するつもりなのか、そのあたりの話をつけなければならない。

だが、今は時間的余裕がなかった。

とにかく食べてからにしようとトーストにかぶりつき、目玉焼きの好みの半熟具合に意識を奪われた後で、東宮はふと気づいて口走った。

た。

「……お金」

食材を買ってきてくれたのなら、その分は払わなければならない。だが、三隅は軽く流した。

「いいよ」

「おまえには借りを作りたくない」

東宮はキッパリと言いきる。

ほんの五百円ぐらいの貸しが、後で十万百万の出費となるのだ。今、三隅が払ってくれたとしても、のちのち自分から巻き上げるための布石《ふせき》の一つでしかない。詐欺師は信用を得るために、最初はちゃんと借りた金を返すと聞いた。

「そういや、昨日のバーのお金も払う。いくらだ？」

「ああ、それもいい。俺が強引に誘ったようなものだし」

「だけど」

「いいから」

どうせ全ては、のちのち自分の懐《ふところ》から出ることになるのだ。そんなことはわかっているはずなのに、じわりと嬉しさが生まれるのはどうしてなんだろう。本当に自分はチョロい。もともと好きだった相手だからこそ、どんなに愛想を尽かす出来事があったとしても、まだ完全には嫌いになりきれていないのだと思い知る。

——それに、……昨日の夜も、……すごいことしたし。

心身に新たに刻まれた快感が三隅への思いを呼び起こし、おごってもらうことで自分が大切に思われているような錯覚が生まれてしまう。そんなのは全部、三隅の策略だとわかっているはずなのに。

東宮はキリリと心を引きしめ直した。

こんなふうに、ほだされていくのは禁物だ。

「——にしても、いいところに住んでるな」

三隅はリラックスしきった雰囲気で、窓から外を見る。

このタワーマンションは立地条件がよく、職場まで地下鉄で一本だ。キャンセル未入居で格安になっていた物件の情報を特別に入手して、実家からの援助も受けながら購入することになった。こちらはいわばおおっぴらにできる買い物だから、口座の金が使える。

都心部に近いわりに近隣商店街には下町っぽさも残り、河川敷にはそこそこ緑も残っている。何より、高層階だから眺めがいい。

「まだここのローンの支払いも終わってないから、大変だよ」

さりげに牽制《けんせい》してみたが、三隅のにこやかさは崩れなかった。

「部屋、余ってるみたいだな」

話が核心に迫ってきたのを察して、東宮は眉間に皺《しわ》を寄せた。

「余ってないし、俺にはおまえを養う余裕も、義理もない。五百万の借金を、まずは返せ。話はそれからだ」

話しているうちに、怒りが再燃《さいねん》してきた。

全身で警戒する東宮を見ても、三隅は動じた様子を見せなかった。

「前の借金、おまえが返してくれたおかげで、心おきなく日本にいられるようになったんだ。しばらく海外にいたから、のんびりしたい。日本食が懐かしいいし、何より治安がいいし、疲れたからボーッとしてたいな」

「疲れたって、何してたんだよ？　また借金作って、日本に逃げてきたんじゃないだろうな」

「何をしてたってわけでもないけど。日本で事業興して、それが失敗してしばらく高飛びしてただけ。どこででも生きていけるもんだな。女のところに厄介《やっかい》になりながら言葉覚えて、ほとんどニューヨークにいたかな」

「ヒモ、ってことか」

その言葉に、ますます東宮の警戒心は高まった。

もともと三隅は女性によくモテた。だからこそ、まともに仕事せずに遊び暮らすのも容易《たやす》いのだろう。

「ヒモ以外に、仕事はしてたのかよ？」

低い声で尋ねてみる。すると三隅は、のうのうと言い返してきた。

「ヒモだって大変な仕事だぜ。何せ家主の好みに合わせて、家事をしたり、セックスしたり、その他のいろんなサービスも……」

「つまり、ヒモだけをして暮らしてたということか。まぁ、下手に事業興されて借金残されるよりも、そのほうが無難《ぶなん》かもしれないけど」

三隅は学生時代から、とにかく遅刻が多いタイプだった。朝起きるのも苦手なようだし、組織の一員として生きるのは性に合わないらしい。いくら優秀でも官僚組織向きではないのは、よくわかっている。

ヒモとしての三隅を家に置いておくのはいいかもしれない、とチラッと思ったが、前回の詫《わ》びもないうちから、この男につけこまれるわけにはいかなかった。何を考えて、ここに現れたのかわからないから、警戒するに越したことはない。また新たな借金を押しつけられたら、前回と同じように返済する体力は、今の東宮には残っていないのだ。

今後の出世を考えると、身辺を綺麗にしておく必要もあった。三隅という得体の知れない人間との関係を知られたら、査定に響く恐れもある。こんな男はできるだけ遠ざけておくに限る。

昨夜の甘い余韻をぬぐい去ろうとしながら、ため息とともに東宮は言いきった。

「もうおまえなんてこりごりだ。今さら、よりを戻すつもりなんてない。そもそも、最初からおまえとは付き合ってもいないし」

コーヒーを飲み干して、席を立つ。

まだ時間はあったが、三隅と顔を合わせていると何かごちゃごちゃ言われそうで面倒だった。昔から、三隅には口でかなわない。

壁にかけたスーツの上着に手を伸ばし、家を出る支度をしていると、その背後に三隅が立ったのがわかった。かすかに警戒しながらも動きを止めずにいると、手首を三隅につかまれ、そのまま壁に押しつけられて、間近から顔をのぞきこまれた。

普段から他人とこんなふうに距離を詰めることはないだけに、落ち着かなくなる。

三隅のほうが少し背が高いから、その圧迫感に息が詰まり、鼓動が乱れた。三隅の長い睫《まつげ》や高い鼻梁に、どうしても視線が引きつけられてしまう。

しかも三隅は、自分の魅力を最大限生かす方法を心得ているのだ。

「ずっとおまえに会いたかったんだ。どのツラ下げて、って言われたけど、ずっとおまえのことばかり考えてた」

真実味たっぷりに言われたが、そんなのは嘘っぱちに決まっている。

東宮をたらしこんで、居候するために言っているのだ。だけどそんなふうに言われると、無条件に胸が騒ぐ。その言葉の中にほんの一欠片だけでも真実があるのではないかと、心が動きそうになる。

三隅が自分を頼ってくれるのは、本当は嬉しい。

毎日仕事ばかりで潤いがないし、三隅が家にいてくれたら、さぞかし心ときめく日々が訪れることだろう。

――だけど、五年前に裏切られた。

あれさえなかったら、三隅を今でも家に招き入れていたかもしれない。

だけど、あのとき味わった失望が忘れられない。三隅にとって自分は恋人でも友人でもなく、好きに利用できる駒《こま》でしかないのだと思い知らされ、惨《みじ》めさに言葉もなかった。

二度と、あんなことを繰り返すわけにはいかない。

――失敗は、一度まで。

だけど、そう思う傍《かたわ》らで迷いが生まれた。

自分のところを追い出されても、どうせ三隅は他の女のところに転がりこむだけだ。三隅にとって、女性をたぶらかすのは息を吸うのと同じくらい容易いことのはずだ。それくらいなら、自分のところにいさせても、同じではないだろうか。

水商売や風俗の女性に多少入れこんだと思えば、三隅の滞在費は大した出費ではないはずだ。余計な借金だけ負わされないように注意して、たとえば実印は職場に置いておくなどして防衛したなら、ただの居候として三隅に滞在してもらうのは可能ではないのか。

――いや、ダメだダメだ。

東宮はやっとのことで、誘惑を振り切った。

目に冷ややかな光を宿して、三隅を見つめ返す。三隅の手を振りはらって、玄関に向かった。

「今日中に出ていけ。鍵はスペアを持っていくから、おまえが出た後で鍵かけて、ドアのポストの中に落としておいてくれ。もし帰ってきたときにおまえが残っていたら、警察呼ぶからな」

ここで非情になりきることが肝心だった。いつまでも初恋を引きずるわけにはいかない。これから財務省内での出世競争も厳しくなる。そろそろ将来に向けて、過去を振り捨てなければいけないころだ。

それでも職場までの移動中に、脳裏に浮かび上がってくるのは三隅との過去だった。寸暇《すんか》を惜しんでガリ勉していた東宮とは異なり、三隅は地頭がよくて、記憶力もずば抜けていた。

東宮がかなわないと思ったのは三隅だけだ。数学では教師から教わった数式を使うことなく、自分で解法まで導き出してみせる。そんな三隅は、頭の質が違っていた。いい成績を取ることが目標だった当時の東宮にとって、三隅は異質な存在に見えた。

そんな三隅に恋をしたことで、最初はひどい混乱があった。

東宮はエリート官僚一家に生まれ、いつかは日本を背負って立つ官僚の一人になるのだと言い聞かされて育ってきた。その将来像を、この恋心はぶち壊すことになりかねない。日本では同性愛はおおっぴらに認められてはいないし、東宮自身もそんな自分を受け入れられずにいた。

だからこそ、この気持ちを誰にも知られるわけにはいかなかった。三隅にも伝える気はなかった。いつかこの気持ちが消える日まで、ひたすら息を殺してやり過ごすつもりだった。

だけど、そんな東宮の気持ちは三隅には見抜かれていたらしい。

卒業式の前日のことだ。今でもその日のことを思い出すと、胸が潰れるような気持ちになる。

東宮と三隅は、学校側から卒業生代表として答辞を命じられた。成績トップと次点の二人が答辞をする習わしになっていた。周囲から孤立しがちな東宮を気にかけてくれるのは誰とでもうまくやれる三隅だけで、そんな二人の最後の共同作業だった。

文案を作ったのは東宮だ。

三隅に一緒に文案を考えて欲しいと伝えても生返事ばかりだったのだから、しかたがない。こういうのは東宮のほうが得意だ。だが、翌日が卒業式だというのに読み合わせの一つもできていないことにいらだち、自宅に三隅を呼び出した。

三隅はなかなか捕まらず、姿を見せたのは夜の七時を過ぎていた。

「ここに来るのも、今日が最後か」

三隅はそう言って、笑った。

高校に近い都心部のマンションに、東宮の家はあった。何度か組んで学校の課題などをするときに、三隅を部屋に呼んで作業したことがあった。

——最後。

三隅が口にしたセリフが、高校生だった東宮の心に突き刺さる。

大学に進学したら、疎遠になる。そのことは覚悟していたものの、三隅も同じ認識でいるのだと突きつけられた。学部が違ってまでも付き合う相手ではないのだと、告げられたも同然だった。

勉強机の椅子は三隅に譲《ゆず》って、東宮はベッドに腰掛けた。だったら、東宮もその認識でいくしかない。ずっと抱えてきた恋心も、これで終わりにする。

「無駄口叩かなくていいから。文案はこれでいいと、担任から了承をもらってる。一応、二人で考えたことにしたからな」

「読むのも、おまえだけでいいのに。二人でなんて、だるいよな」

三隅にとっては、答辞はそれだけのことらしい。だが、東宮にとっては譲れないステータスだった。

同級生の中で自分が一番優秀だったと、マウンティングする行為だ。

だけど、三隅にとっては厄介なだけのものらしい。そんな三隅に、東宮はてきぱきと指示をする。

「読むパートを決めて、割り振っておいた。文句があるんだったら、今のうちに言え。聞き入れないけどな」

「まぁ、……そういうヤツだよな、おまえは」

呆れたように投げかけられてくる言葉に、東宮は眉も動かさなかった。

——最後、か。

先ほど三隅が言った言葉が、ずっと胸に突き刺さっている。明日で全てが終わる。三隅にずっと抱き続け、隠し通してきた恋心にもケリがつく。

そう思うと、ホッとしたような、名残惜《なごり》しいような気持ちで胸がチクチクした。

このまま終わりにしていいものだろうか。思春期特有の思いの強さで、三隅のことを考えて眠れない夜もあった。

だけど、まさか告げられるはずもない。それでもいきなり終わりが来ることが受け入れられず、悶々《もんもん》としながらも三隅に文面を確認してもらい、答辞の読み合わせを行う。

それが終わったらいつ解散してもいいはずだが、三隅と離れがたくて、ぐずぐずと話を引き延ばしていた。

「――そろそろ帰るよ。腹も減ってきたし」

立ち上がった三隅を見て、東宮は壁の時計を見上げた。八時過ぎだ。東宮の家は親が官僚で帰りが遅かったし、子供たち三人もそれぞれが忙しいから、夕食は各自でということになっている。

東宮は必死になって、引き止める術を探した。

「あ。親の海外土産のチョコレートがあるんだ。食べない？」

机の引き出しに入れてあったはずだ。

立ち上がり、それを探して屈《かが》みこもうとした東宮の背中を、不意に三隅がじゃれつくように抱えこみ、それを振りほどこうともがいているとベッドに押し倒された。

密着した感触に動けなくなった東宮の耳元で、三隅が甘ったるく囁きかける。

「おまえ、俺と離れたくないの？」

もてあそぶような声の調子は、いつもとは違っていた。東宮は驚いて、首をひねって三隅の顔を見ようとする。

どうにかごまかさなければ、と焦《あせ》ったが、頭が真っ白だった。そのくせ、三隅の体重を受け止める身体は、暴走したかのように熱い。

「おま……何、……言ってるの」

どうにかそれだけを声にした東宮の肩を、三隅は正面からベッドに固定した。

「そんなにも、卒業するのが寂しい？　俺と明日でお別れだけど、何か言いそこねたことがあるんだったら、今、言っちゃえよ」

　まるで自分の恋心を見抜いていたようにも聞こえる言葉に、東宮の狼狽《ろうばい》はなおさら大きくなった。

　東宮は勉強だけはできたが、恋愛の経験値はゼロに等しい。こんなとき、どうふるまっていいのかもわからない。

「そんなこと、あるはずないだろ」

　必死になって否定するだけでやっとだった。

　三隅はそんな東宮から視線を離さず、へえ、と言って笑った。

　さらに顔が寄せられる。

「東宮見てると、妙な気持ちになることがあるんだ。どうしてなのかずっと考えてたんだけど、ようやくわかった。おまえの目、俺のこと好きな女が、俺を見ているときの目と一緒なんだ」

「なっ」

　そこまでの爆弾を投げつけられるとは思っていなくて否定することしか考えられず、東宮は必死になってその身体を押しのけようとした。

　だが、三隅はそんな動きを予期していたのか、ぐっと体重をかけてきた。

頬に三隅の吐息がかかる。それだけで追いつめられて、東宮は狼狽のあまりまともに呼吸もできなくなった。

視線をそらしても、顔をのぞきこまれているのがわかる。

心臓が壊れそうなぐらい、鳴り響いていた。どうにかしてごまかすしかない。なのに頭が真っ白で、全く言葉が出てこない。

そんな東宮を、三隅が笑いながら追いつめていく。

「もしかして、図星かよ？　勉強効率と偏差値にしか興味のない東宮が、俺のこと好きだったなんて、意外すぎる」

三隅の声に糾弾《きゅうだん》する響きがないことが、せめてもの救いに思えた。

死んでも隠し通すしかないと、思いつめていた恋心だ。

気持ち悪がられたら、それだけで心が潰れる。だけど三隅は東宮の恋心を知ってもなお、受け入れてくれそうな寛容さを漂わせていた。

だからこそ、そこで決定的なミスを犯した。

「……いつから、……知ってた？」

口に出した瞬間、しまったと全身が凍りついた。

ここはひたすら、否定しなければならないところだ。この答えだと、好きというのが前提になってしまう。だけど、口に出した言葉は引っこめられない。

息を詰めて反応を待つ中で、聞こえてくるのはうるさすぎる自分の鼓動ばかりだった。いくら息を吸おうとしても空気が入ってこなくて、呼吸の苦しさが解消されない。

三隅はそれを聞いて、ひどく楽しそうに目を細めた。今まで『友人』だった三隅が見せたことのない、男の小狡《こずる》さを感じさせる笑みだ。

「ハッキリと気づいたのはさっきだけど、薄々気づいてた。気がつけば、おまえに見られてたから。そんな顔して俺を見てたら、他の友達にも気づかれるぜ」

「え」

三隅以外にも気づかれるほどあからさまだった自覚はなくて、さらに東宮は追いつめられた。必死になって、隠してきたつもりだった。だが、その反応を見て、三隅は軽く肩をすくめた。

「って、みんな疎《うと》いからな。気づくのは、俺だけかも」

モテすぎて困っていた三隅だ。他人からそのような感情を向けられることには、慣れきっていたのだろう。

三隅はまっすぐに東宮を見つめて、甘く微笑んだ。

「最初で最後の質問をするよ。嫌だったら、断れ。俺にどうして欲しい？」

その問いかけに、ぞくッとした震えが駆け抜けた。

三隅はこんなことを聞いて、どうするつもりなのだろう。

何かをして欲しいなど、期待したことはなかった。気持ち悪がられなかっただけでいい。だけど、こんな言い方をされると、妙な期待がこみ上げてくるから困る。

何か記念が欲しかった。三隅と別れてからも、報われなかった初恋を追憶《ついおく》できるような何かが。

それはどういうものなのか全く思い当たらないままだったが、許容された気がしてじわりと涙が浮かび上がる。東宮はぎこちなく動く手を引き寄せて、慌てて目元をぬぐった。

「別に、……おまえのことなんて、……好きじゃない」

今さら否定しても、無駄だとわかりきっていた。

だけど、そんなふうに言わずにはいられない。防波堤を幾重にも張り巡らさなければならないほど、東宮の心は臆病で脆弱《ぜいじゃく》だった。

東宮がそんなふうに頑《かたく》なに否定したことで、三隅はますますその本心を暴《あば》きたくなったのかもしれない。

「嘘だ」

三隅は柔らかく笑った。

そんな言葉のやりとりに、まるで恋人同士のような甘さを感じ取って東宮はドキリとする。

見つめ返すと、すぐそばまで顔を寄せた三隅が、耳の横に腕をついた。

「――誰にも言わないでおく。ここだけの、二人だけの秘密。だから、何がしたいのか、正直に言ってみな？」

東宮の心をからめとり、羞恥心もプライドも打ち砕こうとする危険な囁きだった。

そんなチャンスに何を望んでいいのか、いまだに東宮はわからずにいた。二人の記念になることがしたい。だけど、その具体的な内容が思いつかない。

そんな東宮の唇を、三隅がヒントを与えるようにそっとなぞった。

――え？　まさか、キス？

思いがけない提案に、東宮はすくみ上がる。

そんな大それたことなど、希望していいのだろうか。だが、三隅とキスすることを思い浮かべてしまうと、そのことしか考えられなくなる。

さんざん、三隅とキスをする妄想だけはした。夢も見た。だけど、実際の三隅の唇は知らない。誰かとキスをした経験もない。いったい、どんな感触なのだろうか。柔らかいのか、温かいのか。そのことを確かめられる状況が目前まで迫ってきている。

――キス、……したい……。

どうしようもなく強い渇望《かつぼう》が、心の奥底からわき上がってきた。

三隅は東宮の中に生まれた欲望を見抜いたらしく、顔の横についていた手を移動させて、あごをすくい上げてくる。

「キスする……?」

吐息が、肌をくすぐった。

あごに触れる指の感触でさえ受け止めきれなくて、東宮はぎゅっと目を閉じた。全身が小刻みに震えてくる。

鼓動が耳を塞ぐほど鳴り響いて、三隅の声を聞き取るのがやっとだ。

——三隅と、……キス……。

そのとき、三隅の声が聞こえた。

「東宮のほうから、……キスして」

「そん……なの」

できるはずがない。どうすればいいのかわからない。

閉じていた目を開くと、焦点《しょうてん》が合わないほどすぐそばまで三隅の顔が寄せられていた。

ただ唇を押しつければいいだけだ。それくらいのことはわかっている。ここであと一歩踏み出さなければ、欲しいものは手に入らない。何せキスしたがっているのは東宮だけで、三隅にとってはこれは気まぐれにすぎないのだから。

もはやキスをしないという選択肢は考えられないのに、東宮にとってはその数センチが永遠の距離に感じられた。

ためらいの時間が、どれだけ続いたのかわからない。

これ以上は心臓がもちそうもない。息苦しさに追いつめられて、思考力を極端に失ったまま、東宮はそろそろと顔を近づけていく。どくんどくんと鼓動が鳴り響くのに合わせて、全身が震えてしまうほど、緊張していた。

唇が触れる寸前に、三隅の吐息がかかる。

反射的にぎゅっと目を閉じた瞬間、柔らかくて温かな何かに唇が触れる。

唇を合わせているのは二秒が限界で、東宮のほうから顔を離したはずだ。

だが、三隅はそれだけでは物足りなかったらしい。東宮のあごをつかみ直して、あと少しのところで唇が触れる距離から囁いてきた。

「これで、……足りる？」

「……ッ、足り……な……い」

とっさに答えた声は、自分のものとは思えないほどかすれきっていた。

すでに意識が灼《や》き切れそうなほど緊張していて、限界が近い。それでも、三隅がしたいのなら、もう一度キスをしてみたい。

柔らかすぎて、とらえどころがなかった。

もっとあの唇を確かめたい。そんな強い欲望が、東宮の理性を押し流す。

「だったら次は、……俺のほうからキスするね」

動けないでいる間に、三隅のほうから唇が重ねられてきた。刺激の強さに耐えきれずに、東宮はまたぎゅっと目を閉じる。

唇の感触を感じ取ろうと全神経を研ぎ澄ませると、瞼《まぶた》も鼻も頬も、全身が小刻みに震えていた。

ただ表面を触れあわせただけの東宮のキスと、三隅のキスはまるで違っていた。舌先で唇をなぞられて、全身がざわっと粟立《あわだ》つ。逃げ出したいのに逃げ出したくないような初めての感触を、受け止めるだけでやっとだった。

唇を開かせようとするかのように、合わせ目を舌先でなぞられたら、ただその感触に負けてなすがままになる。

押し入ってきた三隅の舌と東宮の舌が、生々しく絡み合った。

「……ッ」

舌と舌とが絡むのは、初めての感触だった。ぬるぬるしていて、やたらと腰に響く。

唾液が唇の端からあふれた。唇から全身を、三隅に支配されていくような気がした。あまりの興奮に、自分がどうしようもなく勃起しているのがわかる。三隅に体重をかけられ、腹も太腿も密着していた。だからこそ、恥ずかしい状態になっているのを知られたくなくてもがくのに、どうにもならない。

ようやく、唇は離れていった。

しばらくは、ただボーッとしていた。三隅とキスをした。そのことをどう受け止めていい

のかわからなくて、何も考えられないまま、息を整えることしかできない。

三隅はそんな東宮の顔を眺めてから、マウントした格好のまま、さらに甘ったるく問いかけてきた。

「キスだけでいい？　俺に、……他にして欲しいこととかある？」

「え？」

ろくに頭が働かなかった。

三隅は、何を許してくれるのだろうか。

だけど、これ以上の刺激を受けたらおかしくなりそうだ。

「……ない」

そう答えたのに、三隅は東宮の逃げを許さず、身体の上で身じろぎする。

「そう？」

その動きにガチガチになっている性器が刺激されて、東宮はビクンとのけぞるようにして震えずにはいられなかった。

「こんなに、……してるくせに」

指摘されると、逃げ出したくなる。自分は同級生相手に勃起させている変態だ。そのことが自分でも許容できなくて、顔を背ける。

「希望がないなら、帰るけど」

ここはどう応じるのが正解だろうか。

困惑しきって、東宮は三隅を見上げる。

唾液に濡れた唇が、共犯者のような笑みを浮かべた。

不思議と三隅は、東宮が抱く欲望を拒んではいないように思えた。

告げられるはずのない言葉を、ずっと抱え続けてきた妄想を現実にできるとしたら、今しかない。

そんな思いが、胸を破るような勢いで突き上げてくる。

「男だけど、……いいのか？」

口にした途端《とたん》、後悔した。

自分は何かを誤解したのかもしれない。三隅が自分としたいなんて思うはずがない。強い引け目が、東宮をいたたまれなくさせる。

だけど、三隅は優しく笑った。

「いいよ。男はおまえが初めてだけど、それでもいいのなら」

それにどう答えたのか、あまりにも追いつめられていた東宮はまともに覚えていない。

——初めての、思いがけない体験だった。

両親がいつ帰ってくるのかわからず、兄たちもおのおの部屋にいたかもしれない。頭が真っ白になるほどの緊張の中で、ひたすら声を出してはいけないと、必死になって押し殺していたことを覚えている。

あのときの体験をそれから嫌というほど反芻《はんすう》したから、今となればどこまでが実体験で、どこからが妄想なのか、まともに区別がつかないほどだ。

——最初で最後の体験……。そう思っていた。だけど、三隅が五年前にいきなり現れるから。

突然押しかけてきた初恋の相手であり、なおかつ初体験の相手をむげに扱《あつか》えるはずがなかった。

だけど、あれだけ利用された後ときては、話は別だ。

いくらセックスがうまかろうとも、その味を昨夜、嫌というほど身体に思い出させられてようとも、東宮は二度とあの男には利用されまいと誓ったのだ。

三隅が肉体関係を持つのは、その後で操るための手段でしかない。そんなことは、とうに気づいている。

——三隅は捨てる。絶対に。

その決意のままに出勤した東宮は、タイミングを見計らって上司である黒瀬課長の机に近づいた。

今は余計なことなど考えずに、立身出世に邁進《まいしん》するときだ。

あの男を見捨てる決意を、形にして表明する必要がある。

東宮は入省して数年間、あらゆる雑用を一手に担《にな》って働きに働いてきた。

今は本庁係長となったが、それでもやっている仕事量や内容は下っ端《ぱ》だったときとあまり変わりはない。コピー取りからさまざまな会議の日程調整、資料作成などだ。それに、今は部下の指導が加わっている。

そんな激務の傍らで、直属の上司である黒瀬の秘書的な役割も担わされていた。

課長という地位は民間とは少し違って、省庁においてはかなりのお偉方であり、基本的に細かな作業はしないが、外との折衝《せっしょう》を重ねて重要なプロジェクトを自ら取り仕切ることが多い。

東宮はそんな課長に、何かと目を掛けられていた。最近では意見を求められることも多く、仕事の幅が広がっているという自覚がある。

課内で東宮を見る同僚の目も、変化しているようだった。上司に目を掛けられるかどうかで、今後出世できるかどうかが決まる。黒瀬は省内の有力派閥に属してもおり、今後の出世を約束された存在だった。

そんな黒瀬に、三日前、接待に向かう車の中で、特別に尋ねられていたのだ。

『東宮くん。君、恋人は？』

何故そのような質問をされるのかと、東宮はまず当惑した。二十九にもなってまるで女っ気もなく過ごしているから、自分の性癖がバレたのだろうかと不安がこみ上げてくる。

だけど、東宮自身の自覚としては、自分はゲイというわけではなく、バイなのではないかと思っていた。女性が性的に苦手なわけではない。好みの裸体を見れば興奮も覚えるし勃起もするが、ただ単にずっと東宮の心を占めているのが三隅というだけなのだ。

課長の心が読み取れず、まずは慎重に答えた。

『――いえ。特には』

『うちの娘がね。君のことを気に入ったようなんだ。すごく好みで忘れられないって言うものだから、今度、デートでもしてくれないかな』

『え』

思いがけない申し出に、息を呑んだ。

それが本当だというのなら、普通なら願ってもないチャンスのはずだ。娘婿《むすめむこ》ともなれば黒瀬が属する有力派閥の一員として迎えられるだろうし、いずれは事務次長と噂されている黒瀬の有力な後ろ盾も得られる。

そんな特権が頭をかすめ、すぐにでも承諾したほうがいいと官僚の本能が囁いた。これが、この先の人生を左右する鍵だと。

なのに、承諾しようとしたその一瞬、三隅のことが頭をかすめた。気づけば、少しだけ考えさせて欲しい、と答えていた。

――だけど、そんなのは気の迷い。

三隅は切り捨てる。

あらためて三隅と再会したことで、逆に決意できていた。

三隅と今後付き合っていても、ろくなことにはならないはずだ。あんな男のために、課長への返事を渋る必要などないのだ。

だからこそ、東宮は黒瀬課長の前で慎重に切り出した。

「先日のお嬢様とのお話ですが。……よろしければ、お受けさせていただこうかと」

朝の慌ただしいひとときだったが、その言葉を聞いた途端、黒瀬は表情をほころばせた。

「そうか」

いそいそとスマートフォンを取り出す。娘と何らかのアプリを共有しているらしく、それに文字を入力し始めた。

自分の外見は女性に多少はアピールできるものだという自覚が、東宮にはある。

いかにも優等生っぽい外見だと、学生時代から言われ続けてきた。

スーツの似合う清潔感のある身だしなみに、そこそこ整った目鼻立ち。中肉中背。

黙っていると冷ややかに見えるらしいから、上司の家族にはことさらにこやかに接してきたつもりだったが、今回はそれがプラスに働いたものだろうか。

職場に寄らずに直接羽田《はねだ》に行く課長を送迎したり、必要な書類を届けるために自宅に寄ったことが何度かあった。

そのときに課長の娘と顔を合わせていたはずだったが、特に印象はない。あくまでも事務的に接していたはずだ。

だが、三日前に課長から渡された見合い写真の晴れ着姿は、それなりに綺麗だった。鞄に入れっぱなしだったその写真と釣書《つりがき》には、今朝、職場に来るときにあらためて目を通してある。

特に好みというわけではないが、嫌いでもない。東宮にとって他人の評価は、だいたいそんなものだ。付き合って自分の得になるかどうかのほうが優先される。そういう意味では、課長の娘というのは大いに利用価値があった。

課長はスマートフォンでメッセージを送り終えたらしく、満足気な顔でそれを机に置いてから言ってきた。

「早速、娘と連絡を取らせてもらった。見合いとか、面倒なことは必要ないだろ。若い人同士で、直接会って話を進めてくれてかまわない。最初だけ私が介入させてもらうが、最初のデートで気が合うようなら、直接、連絡先を交換する形で」

「わかりました」

「娘からの返信があったら、君に知らせる。都合いい日を、互いに合わせてくれ」

「はい」

「あと、この件は他の者には内密に。みんなに知らせるのは、その先のことが本決まりになってからでいいだろう」

「は」

密《ひそ》やかな目配せを交わして、東宮は席に戻った。

その先のこと、というのは、結婚のことを指すに違いない。

口止めされたのは、東宮とうまくいかないようなら、課長は娘を他の部下と引き合わせるつもりがあるからかもしれない。

――そうはいくか。

しばらくして、東宮のSNSに課長からのプライベートなメッセージが入った。

娘の都合を聞いたら、今日しか空いていないということだった。今日を逃したら、二週間ほど後になるとのこと。

そのメッセージを目にして東宮は、今日の仕事の段取りを少し考え、今夜で大丈夫だと返信した。自分の将来を考えるならば、初デートに優先する仕事はないはずだ。

頭の片隅に、三隅が浮かぶ。

帰ってくるまでに出ていけと宣告しておいたが、果たしておとなしく出ていってくれるだろうか。

彼女と待ち合わせたのは、皇居のお堀の近くに建つホテルのロビーだった。

そこの人気のあるレストランに予約を入れて創作フレンチの夕食を取り、バーで軽く飲んで解散となった。

そこそこ話は弾んだし、初デートとしてはこんなところだろう。

彼女は女子大を卒業して海外に留学し、外資系企業で働いているそうだ。利発なタイプで知識もあり、話をしていてストレスが溜まらない。だけど引っかかるのは、彼女が自分を見る目に熱が感じられないことだ。

——俺に惚れて、……って課長は言ってたけど、そういうわけじゃなくて、彼女も冷静に結婚相手を見定めている最中、ってところか。

彼女は東宮と同い年だったから、三十を前にそろそろ真剣に結婚を考えるころなのかもしれない。そのために父親に、将来出世しそうな部下を見繕《みつくろ》ってもらったのだろうか。

——だとしたら、俺もその役割を果たさなくては。

食事のときにワインを三杯飲み、バーでも強めのカクテルを二杯飲んだから、少し飲みすぎた感があった。彼女も東宮と同じくらい飲んでいたが顔色も変えていなかったから、かなり強いのだろう。

彼女をタクシー乗り場まで送ってから、東宮は酔い醒《ざ》ましがてら歩いて地下鉄の駅に向かい、自宅マンションにたどり着く。

セキュリティゲートを抜けてから、一気にエレベーターで三十四階まで上がった。自宅に近づくにつれて、三隅が本当にいなくなってくれたのか気になった。

三隅のことだから、おとなしく退散するとは思えない。むしろいなかったらそのほうが不自然だと思いながら、玄関の鍵を開けて、中の様子をうかがった。

「ただいま」

返事があるかどうか探りながら視線を落とすと、見慣れない靴がある。革の洒落た靴は、三隅のものだろう。続けて、少し眠そうな声とともに三隅本人が姿を現した。

「おかえり」

――やっぱり、いたんだ……!

嫌な予感が的中したのを感じながら、東宮は不機嫌さを隠すことなく口を開いた。

「出てけって言っただろ」

靴を脱ぎ、三隅の横をすり抜けてリビングに向かう。警察を呼んでもいいが、遅い時間だし、面倒だった。三隅が身につけているのは、東宮が部屋着に使っているカジュアルなスウェットの上下だ。勝手にそれを着て、くつろいでいたところらしい。

東宮が着てもあまり見栄《みば》えはしない品だったが、三隅が着るとそれだけで違っていた。

リビングに入ってぐるりと見回してみると、あらためて室内が散らかっているのが目につく。

とにかく仕事が忙しく、私生活にまで手が回らない。休みの日に家事はまとめて片付けるつもりだったが、あまりに家事を放棄していたせいで、どこから手を出したらいいのかわからない状態になっていた。かろうじてゴミだけは出していたものの、果てしなく散らかっているのが急に気になってきた。

冷蔵庫を開いて炭酸水を取り出しながら、八つ当たり気味につぶやいた。

「おまえさ。家にいるんだったら、せめて部屋ぐらい、掃除する気にはならないの？」

三隅はその言葉を無視して、ソファに長い手足を投げ出した。そこで一日ごろごろしていたらしく、毛布が敷かれて三隅の巣のような状態になっている。

「時差ボケでさ。ずっと寝てた」

まだ眠り足りないらしく、大きなあくびをしている。

伸ばされた腕や、無造作にめくれ上がった裾から見える引きしまった脇腹にどうしても視線が吸い寄せられた。

パンツの裾から見えるくるぶしや足首の形まで完璧で、全身のバランスがとにかくいい。

三隅はその身体だけでも、商売になりそうだ。

「おまえ、仕事ないなら、モデルでもやったら？　で、いつここから出ていってくれるんだ」

ずっと彼女の前では作り笑顔だったから、その反動でやたらと攻撃的になっている。

三隅を見下ろしながら東宮は襟元に指を押しこみ、乱暴にネクタイを引き抜いた。

そんな東宮を眺めて、三隅はニヤニヤした。その笑みが気になって、何か言ってやろうとしたときに、先に言われた。

「出てけなんて言うなよ。いい女とデートだったんだろ」

「何で、そんなこと」

驚いた。

今朝、出ていくまで東宮にデートの予定は入ってはいなかった。ずっと家にいたはずの三隅が、どうやって東宮のデートのことを嗅《か》ぎつけたのだろうか。

彼女と抱き合うことはしていないが、香水の匂いでも移ったのだろうか。

気になってスーツを嗅いでみたが、自分ではわからない。

三隅がその仕草《しぐさ》に、笑みを深くした。

「あたった。ヒントは、それ」

三隅が指し示したのは、東宮が持っていたホテル名の入った紙袋だ。そこには、ホテルレストラン特製のパウンドケーキが入っている。

その店のパウンドケーキはおいしいと評判だったから、彼女に別れ際にお土産として一つ渡した。それ以外に、デートに適したそのレストランの情報と予約を入れてくれた同僚に、お礼として渡そうと思って購入したものだった。

「そこに入ってるのは、パウンドケーキ。そのレストランで、食事しないと買えない品。お役所が接待に使うのはどうかっていうレストランなのに加えて、おまえが出勤していったときのネクタイと、今のネクタイは違ってる」

そんなことまで、めざとく気づかれるとは思わなかった。三隅の観察力と記憶力に、あらためて舌を巻いた。

仕事用の地味なネクタイだったから、これで初デートはどうかな、と思って、待ち合わせの時間前にホテルのテナントに駆けこみ、店員に選んでもらった品だった。

「俺はしばらく日本を離れてたんだけど、まだそこのパウンドケーキは定番なんだ？　それにさ。昨日、おまえとここに帰ったとき、酔っ払ったおまえが鞄の中の荷物ぶちまけてたんだよ。そのときに中身を元に戻しておいたんだけど、お見合いの写真が入ってるのを見つけた」

「おまえ、探偵にでもなれば？」

呆れて、そんなことを口走っていた。

三隅は恋人ではないのだから、この男に義理立てすることはないはずだ。なのに罪悪感のようなものが生まれるのは、まだ三隅に対する未練が東宮の中にあるからなのか。

愛情もないのに欲得ずくで女性と付き合おうとしている自分を、知られたくなかった。だからこそ、さっさと家から出ていって欲しい。なのにソファに寝転んだまま、三隅はからかうように言ってきた。

「どうだった？　よさそうな子？　その子と付き合ったら、出世の足がかりになるんだろ？　おまえはそんなんじゃないと、付き合うはずがないからな。うまくいくように、女との付き合いかたの基本とか、教えてやろうか」

下心を完全に見透かされていることに、東宮は動揺した。

三隅は東宮のことを、完全に把握しているようだ。だが、自分が女と付き合うことを知っても、嫉妬《しっと》の欠片すら見せないことに腹が立った。

東宮は部屋着に着替えてから、炭酸水を呷《あお》る。今日は少し飲みすぎた。二日酔いの薬も口に放りこんでおく。

それから、先ほどの返事をした。

「そうだな。女と付き合うノウハウを教えてもらうぐらいしか、今のおまえの利用価値はないからな。だけど、その子はおまえが今まで付き合ってきたような、水商売系とは違うんだよ。おまえの助言なんて、役に立たない。邪魔するな。出ていけって、何度言ったらわかるんだ？」

挑戦的な言葉を受けて、三隅は楽しげに目を輝かせた。

「そうでもない。どんな女でも、することは一緒だろ？」

心まで暴くような眼差しだ。居心地の悪さに、東宮は身じろいだ。

じっくり東宮を眺めた後で、三隅は愛おしむように目を細めた。

「――おまえの最大の強みって、わかってる？」

「え」

「物欲しげな、愛して欲しくてたまらないって目を、たまにすんの。いつもはクールで冷ややかなのに、たまに見せるそんなギャップに、女はそそられるはず。だから、そんな顔を見せてやれよ」

「は？」

三隅は何を言っているのだろう。

自分がこの男に、そんな顔を一度でも見せたことがあるとでもいうのだろうか。

それでもあながち、嘘とばかりは言えなかった。

三隅には極力冷ややかに接しているつもりだが、どうしても隠しきれないものがある。初恋の相手であり、唯一肉体関係を持った相手だ。どんなに切り捨てようとしても特別な存在だから、そのことを見抜かれているのかもしれない。

――三隅はめちゃくちゃ頭がよくて、俺の心を読むのも得意だから。その頭のよさを別の方面に使えば、社会の役に立つような気がする。なのに三隅ときたら、自分のことに使うばかりだ。

三隅のいるソファに近づくと、足首をつかまれて引っ張られた。

「ちょっと！」

バランスが取れなくなって、ソファに倒れこむ。抗議の声を上げると、さらに腰をつかまれて、身体の下に引き据えられた。

酔いのせいもあって、反応が遅れた。キスされるのだと気づいたときには、すでに避けられない距離に三隅の顔があった。

「……っ」

ちょっとだけ横を向かされ、唇の表面が柔らかいものと触れあう。あきらめて東宮は身体の力を抜いて、好きにさせることにした。

普段は頭ばかり働かせているから、こんなふうに肉体が繊細に刺激を受け止めることを忘れている。それに、三隅がどれだけ自然に自分の唇を開かせることができるのかということも。

気づいたときには舌が絡み、その生々しい感触に東宮は溺《おぼ》れていく。

三隅が現れたことで、肉体がいろんな感覚を取り戻していくようだった。

絡めあう舌の感触だけではなく、撫《な》でるように髪に触れる指の動きや、頬に触れる鼻梁の感触など全てが切なく思い出される。どれだけ自分がこれを求めていたのかを、狂おしいほどに実感する。

だからこそ、どんどんキスが深くなっていっても、東宮はそれを拒むことができなかった。

三隅はキスがうますぎた。

あっという間に息が上がり、全身が甘く痺れた。キスだけでその気にさせられて、後戻りができなくなる。

——したい。

もっと頭が空っぽになるほどに、セックスがしたくなる。前回は一服盛られていたから理性などほとんど働かなかったが、今はアルコールの酔いしか東宮に味方してはくれない。それでも、すでにこの欲望を振り切ることは困難だった。

舌と舌が絡みあうたびに、浅ましく身体が期待し始めて熱を帯びる。

だが、三隅を振り切るために上司の娘と付き合うことにしたのだ。ここで欲望に流されるわけにはいかない。

どうにか欲望を振り切るために、顔を背けて三隅の身体を押し返そうとした。だが、そうしたことが逆に征服欲を煽ったのかもしれない。

あらためてしっかりとあごをつかまれ、深くまで口腔《こうこう》内をなぞられた。

「……っ、ふ」

舌が絡み、ざらつく表面を擦りあわされてびくびくっと下肢が跳ね上がる。三隅とキスすることにまだ慣れなくて、緊張があるのかもしれない。

だけど、すでに硬くなった下肢を刺激するように身体を擦りつけられると、早くもめちゃくちゃにされたくなった。

「ん、……ン、ン」

唇をむさぼられ、抵抗できないほど東宮の身体から力が抜けたのを察したのか、ようやく三隅が唇を離した。

耳に息を吹きかけるようにして、甘ったるく囁いてくる。

「おまえには世話になったから、いろいろ教えてやるよ。女は初めてだろ。おまえ、女相手にちゃんと勃《た》つの？」

ろくでもないことを言われたことに驚く。東宮が女性と付き合い始めたと知っても、この男はまるっきり嫉妬もしないのだろうか。三隅にとって、自分はそれくらいのものなのか。

「……あたり……まえだ」

悔しくて、東宮はそう返していた。

自分は女性相手に欲情できる。男に興奮するのは、三隅限定だ。だけどそんなことは教えてやらない。

これ以上三隅のペースに持ちこまれる前に、その腕から逃れようと身体をひねった。

「女抱くのと、おまえとするのは、全然違うから。だから、余計な教えは必要ない」

「だけど、抱かれる感覚を知っておくのも大切だろ？　乳首に触るときは、下手にぐいぐい責めるよりも、こんなふうに力を入れずになぶったほうが有効だぜ」

三隅の手が、東宮が着ていたトレーナーの裾から入りこんできた。その大きな骨張った手で肌をなぞられるだけでも、東宮はびくびくと震えてしまう。すぐに乳首をとらえられて、それが尖《とが》るまでくりくりと刺激された。

それだけでも身体が跳ね上がって、力が抜ける。そのタイミングを逃すことなく、三隅は東宮のトレーナーを大きくまくり上げて、上半身をさらけ出させた。

「ば、……っ、離せ……！」

昨日のアレは、不可抗力のようなものだ。今日もまた、三隅と関係を重ねるわけにはいかない。キスされて流されかけたものの、肌を外気にさらされたことで危機感が増した。

だが、剝《む》き出しにされた乳首をなぶる三隅の指の動きは止まらない。

「綺麗な乳首だな。下手な女のものより、可愛《かわい》くて綺麗。しかも、コンパクト。これくらいのほうが、俺はいじりやすくて好きかも」

そんなふうに言われながら、乳首を指の腹でなおも転がされる。

甘い声が漏れそうになってとっさに唇を噛んだが、それが楽しかったのか、三隅の指先は反対側にも伸びてきた。両方の乳首を同時になぶられたら、そこに弱い東宮がまともでいられるはずがない。

「ッン、……ッダメ……っ、やめ…ろ……ッ」

女の抱き方を教えてやるなんていうのは、詭弁《きべん》にすぎない。三隅もそんな言い分が通用するとは、考えていないだろう。三隅の手つきはひどく慣れていて、どこにどれくらいの刺激を与えたらいいのか、熟知していた。

「すごい敏感だよな、ここ。人によって感度が違うから、おまえがするときは相手の反応見ながら強さを調整するといい。男の乳首はおまえのしかいじったことはないけど、女はたいてい、おまえより鈍感だぜ。少し強めなぐらいがいいかも。いつまでもコショコショやってると、くすぐったがるタイプもいる」

女性相手の強さを教えようとしたのか、いきなり強く乳首を指先で押しつぶされて、東宮は飛び上がった。すぐに三隅の指から力は抜けたが、一度強くされたときの甘ったるい感覚が残って消えてくれない。

もう一度その甘さを味わいたいと思ったのが悔しくて、言っていた。

「俺……だって、そんな、むず痒《がゆ》いのは嫌、だから……っあ！」

だが、それを言い終わらないうちに強くつままれ、さらにぐりっとねじられた。

痛みと快感が混じった強烈な感覚に、悲鳴を抑えるだけでやっとだった。三隅は東宮の乳首を二本の指でつまみ上げたまま、こね回してくる。

「っん！　……っあ！　あ！　あ！」

「女相手なら、これくらい。だけど、痛がったらすぐに弱くしてやれよ。たまに、痛いのが好きなタイプもいるけど。そのあたりは見抜いてやって」

残酷な三隅の指は痛いのに気持ちがよくて、早くも神経が灼き切れてしまいそうだった。東宮にその痛みを教えこんだ後で、三隅の指から力が抜ける。ぷっくりと硬く尖った乳首を、愛おしむように指先でそっと転がされた。

「ン」

打って変わったその甘い刺激に力が抜けた東宮を見て、三隅が目を細めた。

「強い刺激も、たまにはいいけど、……繰り返すと泣かせるから、気をつけて」

身体をおもちゃにされているようで、東宮は面白くない。

「泣いて……なんて……っ、いないから」

キツい声で言ってやったが、瞬きをしたときに目の端が濡れているのが自覚できた。そこにチュッとキスをされる。こんなふうに翻弄《ほんろう》されるのが、やたらと悔しい。

三隅は自分を抱くときも、今みたいに計算しながらやっているのだろうか。

東宮のほうは、まるで余裕がないままだ。三隅の愛撫《あいぶ》に合わせて、心も身体も丸裸にされている。

「ごめんな、泣かせて」

そんな言葉とともに、柔らかく乳首に唇を落とされた。

その小さな粒の弾力を楽しむように、唇でついばまれては舌先で転がされる。強い刺激の後だけに、そのようなつかみどころのない刺激は心地よくて息を呑まずにはいられなかった。

さらに、そっと吸いつかれ、たまらない悦楽《えつらく》の中に突き落とされてしまう。

「っあ」

東宮は口でされるのに、ひどく弱かった。生温かい舌でたっぷり転がされて喘《あえ》がされた後に、軽く歯を立てられると、もうまともに逆らえない。

「ッン、……あ、……ッあぁ、……ッあ」

痛いのと気持ちのいいところの境目を、三隅は本当によく心得ている。吸いつかれていないほうの乳首もそっと指先で転がされ、その心地よさがジンジンと身体の芯まで響く。

「ン、……ン、……ん……」

頭が真っ白だ。

乳首をさんざんなぶられると、そこが甘く痺れた。反対側に唇を移動させながら、三隅がそっと下肢に手を伸ばす。

「っ」

部屋着の上から形をなぞるように触れられて、びくっと腰がどうしても反応した。

骨張って適度に爪の手入れがされたその手を、高校時代からどれだけ見つめてきたことだろうか。その指が自分の恥ずかしいところに触れていると思っただけで、頭がカアアッと熱くなる。

ひたすら恋い焦《こ》がれた三隅の指が握っているところから、悦楽が次から次へとさざ波のように広がっていく。早くそこに直接触れて欲しいのに、恥ずかしくて阻止したくもあった。

——ああ、……だけど……。

下着ごと下肢にまとっていたものを引き下ろされて、腹につくほど跳ね上がった。その先端は蜜で濡れている。

そんな下腹をかばうように身体を丸めて、東宮は上体をもぞもぞと起こした。

「今度は、……俺がする」

頭がボーッとしている。

自分だけ悦くしてもらうのではなくて、三隅にも気持ちよくなってもらいたい。

そんなふうに思うのは、やはり三隅のことが好きだからだろう。この男とキッパリ別れたいのに、身体を重ねあわせている最中だけはどうしても情がわく。悦くしてあげたくなる。

「してくれるの？」

「……ああ」

どんな顔をしていいのかわからなくて、うつむきながら東宮は三隅の腰に手を伸ばした。

部屋着を下ろして三隅の下肢が硬くなっているのを確認して、それだけで少しホッとした。三隅が自分に欲情しているとわかったからだ。そこに顔を近づけようとすると、肩に手を伸ばされながら言われた。

「上で、逆になって」

すぐにはわからなかったが、シックスナインの体勢になれと指示されているらしい。三隅の綺麗な顔をまたぐと思っただけでも、膝が震えた。しかも、下半身に何もつけていない格好なのだ。

「……やっぱ、お風呂」

酔いが少し醒めて、立ち上がろうとする。

心の準備ができていない。一度出直そうとしたが、手首をつかまれて引き止められた。

「いいから。おまえの匂い、好き」

三隅が全部服を脱いで横たわると、東宮はその上に逆向きに覆い被《かぶ》さった。三隅の頭を両足でまたぎ、三隅の腰の左右に腕をついて、その性器にあらためて手を伸ばす。まずはその形をなぞったら、その動きを三隅が真似てきた。

自分の性器にも同じ動きを返されてすくみ上がりながらも、東宮はその先端から舌を這《は》わせていく。

「ッン」

三隅は下からになるから、同じ刺激を口ではしにくいようだ。三隅が舌で与える刺激の代わりに、ペニスに絡めた指で同じところをなぞってくる。

それだけでも、ぞくぞくとした戦慄《せんりつ》が東宮の背筋を震わせた。

――気持ちよくさせたい……。

そんな思いに駆られた東宮は、三隅の感じる部分を舌先で丹念に探っていく。だが、ひさしぶりすぎて、どこをどうしたらいいのか、なかなか思い出せない。

東宮の口淫《こういん》のやりかたは、五年前に三隅から教わったものでしかない。三隅が自分にしてくれるのを覚えて、おずおずとやってみた五年前の記憶が蘇る。

だけど、五年の間の成長を伝えるべく、根元から先端までたっぷりと舌を這わせてから、口を大きく広げて張りつめた先端を可能な限り深くまで呑みこんでみる。

「ふ」

大きすぎてくわえきれず、鼻から息が漏れた。

唇全体で感じ取った三隅のたくましさに、身体がぞくぞくと震えた。こんなものを自分が身体の中に迎え入れるということが信じられなくなりながらも、頭を上下に動かす。

そんな東宮の足の付け根に手を伸ばし、三隅はぐっと顔面に向けて腰の位置を下げさせた。後孔の位置を確認してから、ちろちろと舌先で舐《な》めてきた。

「っ」

いきなりそんなふうにされるとは思っていなくて、驚きに腰が浮きそうになる。それをぐっと顔面につく形に引き戻されて、落ちそうになるのを微妙な高さでキープさせられる。

「っ……あ」

その状態でぬるぬると後孔を舐められる慣れない刺激に、東宮は耐えるしかない。生温かい舌でなぶられると、どこにどう力を入れていいのかもわからなくなっていた。

その刺激に集中してしまって、三隅のものをくわえていた口の動きが止まっていたようだ。

「ぐ」

三隅がうながすように、腰を突き上げてくる。口いっぱいにくわえこんだ大きなもので口腔全体をえぐられて、唾液が唇の端からあふれた。そんな乱暴な動きにも、東宮はますます感じてしまう。

こんなふうに、少しぞんざいに扱われるのが好きだ。

——三隅限定だけど。

「っん、……ん、ん」

三隅のものをくわえて、頭を上下に動かして懸命に奉仕した。あふれる唾液を絡めながら、のどに入る限界まで受け入れてみようとする。嘔吐《えず》きそうにもなったが、どうにかのどの側面に擦りつけることもできたようだ。どくんと、口の中で脈打つように硬くなったのがわかって、東宮は喜びを覚えた。

そんな東宮の後孔のあたりを舌先でつつき回しながら、三隅が甘く囁いた。

「おまえ、……少し上手になった？」

東宮は答えないまま、リズミカルに頭を動かす。口からじゅぷじゅぷと、立て続けに濡れた音が漏れた。

「前はすごく下手だったけど、だいぶマシになったような。誰かで練習した？」

しゃべられるたびに、三隅の生温かい吐息が微妙なところをくすぐった。

東宮は三隅一筋だ。なのに憎たらしいことを言ってくる相手に恨みをこめて、口の中の張りつめたものに軽く歯を立ててみる。

「っう」

少しは痛かったのか、びく、と腰を引かれた。それだけで許すことにして、東宮は口腔内の大きなものに集中した。

くわえたまま舌を回してくびれを舐め上げ、深くのどの奥まで受け入れた状態で頭の角度を変えて、口腔粘膜全体で刺激を与えていく。

「ん、……ン、ン、ン」

呼吸が苦しくて、鼻から甘ったるい声が漏れた。

三隅が自分の愛撫に感じているのは、それがどんどん固く大きく張りつめていくからわかる。それが嬉しくて、苦しいほどに大きくなってもしゃぶるのを止められない。先端からあふれ出した蜜が、舌で粘《ねば》った。

このまま口でイって欲しいぐらいだったのに、そのとき、三隅の指が体内に入ってきた。

「ッン」

ねじこまれてくる指の感触に、身体がすくむ。潤滑剤をたっぷり絡めてあったのか、痛みはない。最初に指で道をつけられていくときのぞわぞわする感覚に、東宮は弱い。

根元まで指でうがたれた後で、潤滑剤を馴染《なじ》ませるようにくぷくぷ動かされた。

「ふ」

柔らかくほぐすように動いた後で抜けていく指の動きに、甘ったるい疼きが掻《か》き立てられる。三隅は本当にここをなぶるのも上手で、最初の違和感が落ち着いたころには、粘膜が浅ましく熱を帯びて、よりそこを深くまで淫《みだ》らになぶられたいと疼くようになるのだ。

「ン、ン、ン……っ」

放置されたままの乳首も硬く凝《しこ》って、早くそこもいじって欲しくてたまらなかった。

時折、上体が落ちて乳首が三隅の身体と触れあうと、身もだえてしまいたいぐらいの焦《じ》れったさが生まれる。

中を指でくぷくぷとうがたれながら、東宮はどうにか腰の位置をキープして三隅のものをしゃぶり続けた。太腿が震えてきたが、さすがに三隅のあの綺麗な顔に腰を落とすことだけは避けたい。震える腿に力を入れると、体内にねじこまれていた指が二本に増やされた。

「ふ！　う……っ」

　ぐい、と粘膜が内側から引っ張られるような刺激が生まれる。

　ひくひくと抗議するようにうごめく襞《ひだ》の中に、三隅の指が強引に突き立てられていくのがたまらない。

　東宮はしゃぶっていた三隅のものに歯を立てないように注意しながら、鼻孔《びこう》から息を吐いた。

　足に力を入れているためか、その指の存在感がすごくて、関節の位置まで感じ取れるほどだった。

「やらしいね、おまえの身体。物欲しげに、絡みついてくる」

　根元まで入りこんだ指が一度完全に抜き取られ、新たに潤滑剤を絡めて同じ位置まで戻ってくる。

　濡れるはずのないところから、ぐちゅ、といやらしい音が漏れた。

　全ての感覚が指を受け入れている部分に集中していきそうになる中で、東宮は三隅の腰に顔を埋め、いずれは自分の身体に入ってくるものをくわえて、頭を懸命に上下に動かした。

　三隅は中に入れた指を出し入れしたり、ぐるりと襞を掻き回すように動かしてきた。

　指が三本に増やされ、それが滑らかに動くまで執拗《しつよう》に掻き回される。その後で、三隅がようやく指を抜いた。

「お待たせ、……なんだけど、入れる前にちょっと遊んでいいかな？」

「何」

口から硬くなった三隅のものが抜き出された。東宮はしゃぶり疲れて少しぼうっとしながら呼吸を整える。そんな東宮の両脇に手が差しこまれて、上体を起こされて座らされた。その胸元に突きつけられたのは、硬くなった三隅の性器だ。

何をするつもりなのかとぼんやり見ていると、言われた。

「東宮のおっぱい。……ちっちゃくて、可愛くて敏感だなって。入れる前に、ちょっとここでパイずりさせて」

「パイずり？」

この男はいったい何を言っているのだろう。東宮はまともに回らない頭で考える。

そんなものは女性の中でも特に豊満な胸の持ち主ができるものであって、男の自分にできるはずがない。

だが、三隅はペニスをつかんで、その先端を東宮の小さな乳首に押し当ててから、円を描くように動かしてきた。

「っぁ」

途端に、ぞくっと息を呑むような快感が乳首から広がる。弾力のある小さな粒を、ペニスの先端でぐにぐにと押し潰されるのがたまらない。指や舌の感触とも違う、やけに濃密な刺激だ。

「っ、……んぁ」

胸元に落とした目に見えたのは、いつもより心持ち色を増して硬く凝《しこ》った乳首と、そこに押しつけられたグロテスクな先端だ。乳首が見えたのは一瞬だけだったが、蜜をまぶされた恥ずかしい形状が脳裏に灼きついた。ペニスでぐりぐりされるたびに、そこからの刺激と恥ずかしさに興奮する。

「んぁ、あ、あ、あ」

神経の塊《かたまり》のように、そこが果てしなく敏感になっていく。そこに絶え間なく刺激を与えられることになって東宮は感じてたまらなかったが、三隅はこんなことをして気持ちいいのかと疑問に思う。だが、それを追及できなかったのは、そのとき、乳首を柔らかな肉で締めつけられて甘ったるい快感が広がったからだ。その小さな粒が三隅の尿道口にはまりこんだことで、より刺激が密になる。

与えられた刺激が余すところなく乳首に伝わり、圧迫感と引っ張られる刺激が複雑に襲いかかってくる。

「……っん、ン」

いじっていないほうの乳首が我慢できないほど疼いて、東宮はそちらにも自分で手を伸ばさずにはいられなかった。

痛いぐらいに爪を食いこませることで、どうにか左右の乳首からのバランスを取る。

「……あ、……あ、あ」

三隅の先端でぐちゅぐちゅと犯されている濡れた乳首からの刺激と、自分による痛み混じりの刺激に東宮は喘いだ。

擦りつけられたペニスが限界まで硬くなり、それによって東宮が受け止める刺激も強くなる。反対側の乳首をつまむ指に力がこもったとき、ついに三隅が限界に達した。

「っう」

小さなうめきの後で、切っ先から放たれた熱い粘液が乳首に直接ぶちまけられた。それが、火傷《やけど》しそうなほど熱い。ねっとりと乳首や胸元を伝っていく白濁《はくだく》に、ぞくぞくとした感触が断ち切れなくなる。

「あ」

甘く疼いた乳首に熱が宿り、ジンジンと疼いた。東宮は自分で指を伸ばして、そちら側の乳首も転がした。放たれたばかりの精液を乳首に塗りつけるように、くちゅくちゅと指を動かす。

「っあ、……ぁ、……ん、ん……」

「やらしいな」

そんな東宮を、三隅は熱い目で凝視していた。後できっとからかわれるのだとわかっていても、東宮は自分で両方の乳首をいじる手の動きを止めることができない。

ようやくその手を止めたころ、三隅が東宮に口づけてきた。ねっとりと舌を絡めながら、東宮の代わりに粒を押しつぶしてきた。

「このまま、続けてやれるけど、……どう？」

三隅はイったばかりだったが、東宮はイっていない。乳首をこんなふうに三隅に転がされたことで、体内の粘膜が熱く疼いている。

うなずくと、仰向《あおむ》けに押し倒された。

後ろからのほうが東宮側としては楽なのだが、三隅は東宮の顔を見ながらやるのが好きなようだ。前に尋ねたときに、そんなふうに返された。

それは愛されているという錯覚を東宮に与えるための三隅の手管《てくだ》の一つだとわかっているのだが、そんな答えにたわいもなく胸が高鳴るのだから、この恋の病は深い。

大きく足を開いて抱え上げられ、取らされた格好に息が詰まる。先ほど指でほぐされたその奥に、三隅の先端が押し当てられた。昨夜だけなら、一服盛られたからという言い訳ができる。なのに、今夜も関係を重ねたら、元《もと》の木阿弥《もくあみ》だ。別れられなくなる。

だが、快感に流されているから、こんなところで中断できるはずもなかった。

押し当てられた三隅の先端から伝わる熱さに、ひくりと奥のほうから襞が引き絞られた。昨夜、そこをたっぷりと犯されたときの快感が蘇る。ぞくっとして力が抜けたタイミングを見計らって、三隅のものが一気に突き立てられた。

「っう、ぁあああ……っ！」

体内を内側から押し広げられる感覚がすごすぎて、そこに力がこもりそうになる。だが、三隅はあやすように腰を揺らして乳首に唇を落とした。

「大丈夫だから、力を抜いて」

そんなふうに囁かれながら小刻みに突き立てられていくと、乳首から広がる甘さに力が抜けていく。

「そうだ、東宮。……思い出せるだろ。俺を、……受け入れるやりかた」

こんなときの三隅の声は、限りなく雄の色香を感じさせる。おそらくセックスをしなければ、知らなかったはずの三隅の一面が垣間《かいまみ》見える。

三隅は東宮の乳首に歯を立てながら膝の後ろに腕を回し、より受け入れやすいように腰を浮かしてきた。

「ン、……あ、ああ、ぁ、あ、あ……ッ」

軽く引かれた後で、三隅の先端がより深いところまで打ちこまれる。

こんなふうにされているときには、東宮は必死で力を抜くより他になかった。

「ン……っ、ふ、ふ」

身じろぎのたびにくさび形をした三隅の先端が中に入っているのを実感させられて、その圧迫感に呼吸すら浅くなる。まだ違和感のほうが強かったが、身体は急速に中での快感を思い出していく。

それでも、あらぬところに異物を含まされ、開きっぱなしになる感触がつきまとっていた。どうしても押し出したくて中に力がこもるが、そんなささやかな抵抗など役に立たないほど、三隅のものはたくましく存在していた。

「痛い？」

深くまで収めた後で気遣うように囁かれて、東宮は首を振った。

痛みというよりも、これは違和感だ。自分の身体のあるべきではないところに、奇妙なものが入りこんでいるという。

だけど、この感覚がなければ、三隅の熱を実感できない。

三隅が体内にいるのを、感じたかった。それに、先ほど乳首を丹念に刺激されたために、挿入なしでは落ち着かない身体になっている。東宮がいきなりいなくなってしまってから、自分がどれだけ性的に不自由したと思っているのか。一度知ってしまったものを、ゼロにするのは困難だ。

すぐにでも動き出すかと思いきや、三隅は東宮の呼吸が少し落ち着くまで、動かずにただ抱きしめてくれた。

「……っ」

密着した三隅の身体の感触を全身で感じ取ることで、甘ったるく呼吸が乱れる。こんな気遣いは、さすがにヒモだなと思う。自分と離れて、どれだけの性体験を三隅は重ねてきたのだろうか。

ずきっと胸が痛んだ。

だけど、余計なことは極力考えないようにした。

中が少しずつ馴染んでいることを察した三隅が、ゆっくりと腰を揺らし始めている。その切っ先に小刻みにうがたれるだけでも、ぞくぞくするような感触が生み出される。

——もっと、……痛く……ても、……いいぐらい。

中にある三隅の感触を、一生忘れられないぐらいに身体に刻みつけておきたい。

三隅を家から追い出し、未練を振り切るために、上司の娘と見合いをした。なのに、こんなふうに抱かれると、三隅への恋しさばかりがあふれ出す。いつでも東宮の頭にある打算や出世を目指す気持ちが消え失せ、肉体だけの獣となる。

「う、あ！」

ゆっくりとうがたれるたびに、そこから身体が甘く溶けた。東宮にとって肉体は、普段は脳の付属品にすぎない。だけど、三隅に抱かれているときだけは、肉体が主となる。

「……っは、……っぁ、あ、あ」

まだ三隅の動きは、その大きさに慣らそうとするように穏やかだ。だけど、中をそのゴッゴッとしたもので擦り上げられるのが気持ちよすぎて、三隅の動きに合わせて腰を揺らし始めていた。

「エロい顔」

そんな様子を見て、三隅が囁く。すでに口を閉じることも忘れて、唾液すら垂れ流しなのだからしかたがない。圧迫感があるから全身から力を抜きたいのに、どこにどう力を入れていいのかすらわからなくなっていた。

三隅がこんなときの自分をよく見ていて、やたらと目が合うのに辟易《へきえき》した。

「ン、……ふ、ふ」

三隅が腰を突き出すたびに、切っ先でえぐられた襞から甘ったるい感覚がじぃんと身体の芯まで伝わる。それに合わせて声が漏れ、表情も歪《ゆが》んでしまう。腹の奥の深いところまで掻き回されているのだから、無反応でいられないのは当然だ。

だんだんと三隅の大きさに慣れるにつれて、襞がひくついて、打ちこまれるその熱を離すまいとするように収縮し始めているのがわかった。こんなときでなければ味わえない、独特の感覚だ。

「あっ」

夢中になってそこの感覚を受け止めようとしていると、三隅が東宮の足を抱え直しながら、呆れたように囁いた。

「おまえ、俺がいないで、よく我慢できたな」

そんな言葉をかけられても当然だと思うぐらい、東宮の身体は餓《う》えたように三隅のものをくわえこんでいた。理性ではその反応を制御できない。

——餓えてた、って言いたいわけ？　淫乱とでも？

五年前にセックスの快感を教えこんでおきながら、いきなり消えた男がよく言う。知らなければ淡泊《たんぱく》でいられたかもしれないのに、こんな反応になるのは三隅のせいだ。誰彼かまわず抱かれたい夜もあるくらいだったが、理性でどうにか抑えこんで一人で慰めてきた。だけど、三隅がいるとセックスのよさを思い出すから困る。こんな男といても利用されるばかりだとわかっているのに、このときの甘さが骨の髄《ずい》まで染みついて判断を狂わす。

——変に……なる……っ。

三隅が腰を動かすたびに、その部分から熱がどんどんあふれ出した。

「っんぁ、……っあ、……っあ、あ、あ……っん、ん、ん、ん」

三隅の動きはリズミカルに、容赦のないものへと変化していく。それとともに東宮が受け止める刺激も強く淫らなものになり、体重をこめて打ちこまれると、ビクンと腰が跳ね上がるぐらいなのに、それも悦くてたまらない。

乳首が痒くてたまらなくなったときに、そこを指でこりっと押し潰された。

「ツン、……ああ、……んぁ……っ！」

　ぎゅっと締めつけたのが悦かったのか、そのまま指を残されていじられる。痛み混じりの甘さに、のけぞりながら喘ぐことしかできない。挿入されている最中は乳首の刺激は痛いぐらいのほうが悦いと、とっくに知られているようだ。

　小さな乳首を乱暴にこね回されると、上下に動く腰の動きが止まらなくなる。

「俺も、……こうしたくて、……どうにかなりそうだった」

　切迫した息づかいの合間に、囁かれた。

「嘘……だ」

　まともに考えられなくても、東宮にはこれがこの場限りのものだとすぐにわかる。

　三隅はヒモまがいの暮らしをしていたはずだ。そんな状態で、自分のことなど思い出すはずがない。

「ッア！」

　だがそのとき、三隅の先端が中のひどく感じるところをえぐった。目の前で火花が散ったような衝撃が広がり、びくん、と腰が大きく跳ね上がる。

「ここ、だったよな」

　確認するように、三隅は同じ部分を立て続けにえぐってきた。

「つんぁ、……あ、あっ、あ」

　ガクガクと、壊れた機械のように身体が反応する。さすがに刺激が強すぎて、まともに言葉が出ない。ここまで自分の身体が感じるということを、あらためて思い知らされた。三隅の存在は、甘すぎる毒だ。

「イク?」

身体の状態を完全に把握されているから、どうしようもなくてうなずくと、少しだけ狙いをそらせてくれた。

だけど、それくらいのほうが甘さがすごくて、深くまで押しこまれるたびに頭が真っ白になった。えぐられるたびに声にならない悲鳴が漏れ、深くまで入りこんできたものを渾身《こんしん》の力で締めつけてしまう。

「ン、ん、ん、ん」

絶頂に向けて、身体が急速に昇りつめていく。

乳首を指で引っ張られながら、あやすように濡れきったペニスの先もいじられた。その最中にも、狙いを定めた三隅の張り出した切っ先が深いところまで体内をえぐっていくのだから、たまらない。どんな声を出すのも、どんな反応をするのも、全て三隅の思うがままに操られている気さえした。

「ッン、……ッン、ン」

東宮の切迫した息づかいに合わせて、三隅の腰の動きが速くなる。

一直線に絶頂まで導かれていく。欲しいところに欲しい角度で与えられる刺激が、気持ち

よくてしかたがない。

深くまでえぐられるたびに声が漏れ、腰が揺れる。

とどめとばかりにその腰を押さえこまれながら一番欲しいところに嫌というほど叩きつけられ、そのまま円を描くようにぐるりと切っ先でこね回された。深い絶頂の予感に腰ががくがくと震え、ペニスがジンと痺れた。

その存在感と硬さと熱に、もはやこれ以上耐えることは不可能だ。

突き上げる動きに合わせて昇りつめようとする東宮の乳首を、三隅は爪を立てて強く引っ張った。

「ん、ぁっ！」

東宮がイクときに、乳首からの刺激がトリガーになると知られている。

乳首から広がる鋭《するど》い痛みに、東宮は乱れた吐息を漏らした。

こんな状態になったら、後はもう射精することしか考えられない。ひくりと中が痙攣《けいれん》し、腰が不規則に揺れて、背筋がぞくぞくしてくる。

「っん、も、……みすみ……っ」

そんなギリギリの状態の東宮になおも快感をたっぷりと与えるように絶妙な強さでゆっくりと動かした後で、とどめを刺すような深い動きに移られた。その間も、乳首は絶え間なくなぶられ続けている。

「ン、ン！　ん！」

すでに、限界を超えていた。

その深い突き上げのたびに甘ったるい痺れが広がり、蕩《とろ》けきった襞がどれだけの悦楽を秘めているのかを思い知らされる。奥の奥まで続けざまに叩きつけられて、東宮は達した。

「つぁ、……っあ、あ、あ、ああああああああ」

がくがくと腰を突き上げるようにしながら、東宮は精液を吐き出す。三隅にされる以外に、こんな快感は知らない。

ぎゅうぎゅうと締めつける襞に逆らうように三隅は腰を引いて、さらに激しく突きこんできた。

「ンァ！」

イった余韻で、まだ襞がうごめいている最中だ。一段と敏感になった襞が刺激されて、肌が粟立つような快感を伝えてくる。

感じすぎてどうにかなりそうだったから、必死になって懇願した。

「ダメ、……っんぁ、……ダメだ、……抜け……っ」

どうにか三隅から逃れようとしたのに、さらにしっかりと太腿を抱え直された。

「おまえの、……こんなときの、……声、好き……」

何を言われているのか、まともに聞き取れなかった。

「な……に……っ」

「いつもはすごく冷ややかなのに……余裕なくなって、上擦《うわず》って、甘ったるくなって、……俺にすがってくるときの声。……たまんない」

何か返事をしようにも、打ちこまれてきたペニスから悦楽が流しこまれてきて、甘ったるい声しか出せなかった。

「つん、……っぁ、……つん、あ、あ、あ……、……んぁ、あ、あ、あ……っ」

えぐられるたびに、イっているような状態になっていた。三隅の切っ先が、ことさら感じるところに擦りつけられるせいだ。勝手に腰や手足が跳ね上がる。

わけがわからなくなった状態であらためて甘く唇にキスされるから、心と身体の両面から堕《お》とされるしかない。三隅に逆らうことなど不可能なのだと、忘我の状態で身体に教えこまれる。

「こんなふうに、おまえを悦くしてやる相手なんて、いないだろ？　だから、おとなしく俺に抱かれてろ」

そんなことを囁かれながら嫌というほど奥まで貫かれ、舌を絡めて口腔内もさんざんなぶられた。空いた手は乳首に回されてその粒を甘く爪弾《つまび》かれながら、何度かに一度、深くまで突きこまれる。

「つんぁ、……ふ、ふぁ、……あ、あ、あ」

緩急《かんきゅう》自在な責めに、もてあそばれるばかりだ。

射精してもペニスは勃ちっぱなしで、先端からだらだらと蜜を垂れ流していた。こんなふうにイき続けるなんて考えられないのに、三隅に抱かれているときの身体はひたすら快感に溺れていく。

三隅のものをくわえこんだ襞から送りこまれてくる悦楽に、目眩《めまい》がした。ここまで悦楽漬けにされる感覚は、三隅でなければ得られない。

「っん、あ」

いつでも多くのストレスを抱えこみ、時間に追われ続けている東宮にとっては、かけがえのない空白の瞬間だった。三隅の腕に抱かれていると、何も考えずに済む。

「んぁ、……は、は……っ」

三隅の切っ先が、さらに深い部分をこじ開けてきた。

疲れを知らないたくましい腰遣いに、切迫した絶頂感がなおもわき上がってくる。

「ン、……ン、ン」

「またイきそう？」

東宮の中のうごめきからそれを読み取ってか、三隅が囁いた。

欲しいときに、欲しい刺激をくれる。

こんな三隅とするのは、最高のセックスと言えるのかもしれない。身体の相性がいいというよりも、三隅の卓越《たくえつ》したテクニックがそれを可能にしているようだ。

明日、またしても三隅としてしまったことを後悔すると、わかりきっているというのに。

「ん」

返事代わりに、東宮は三隅にしがみつくしかなかった。

〔二〕

翌朝——。

「東宮係長。課長が呼んでました」

外部の会議から戻った途端に部下にそう言われて、東宮はうなずいた。抱えていた資料のファイルを机に置くなり、広いフロアの中央にある黒瀬の机に向かう。

昨夜、課長の娘とデートをしたばかりだ。

その後に三隅とのセックスがあったために、ご機嫌うかがいのメッセージを入れたのは、今日の朝方になった。だが、すぐに『また会いたい』といった返信が入ってきたので、安心していたところだ。

おそらくはそのことだろう。それとも、別の用件だろうか。いくつかあたりをつけながら、黒瀬の机の前に立った。

「お呼びと聞きましたが」

「ああ」

席にいた黒瀬は、東宮を見て鷹揚《おうよう》に笑った。太い黒縁眼鏡が特徴的な容貌でいつでも笑顔だったが、その裏側が読めないところがある。

「昨日は面倒をかけたな。あの子は君のことがとても気に入ったようだ。今後も君さえよかったら、付き合って欲しいという話だが」

「ええ。……もちろん、喜んで」

一瞬、三隅のことが頭をかすめたが、東宮は瞬時にその顔を消去して、にこやかに笑ってみせた。

朝の自分と、夜の自分は違う。

本庁課長といえば絶大な権力を有しており、黒瀬課長は省内で敵が少ないと評価されてるタイプだ。ついていけば将来は安泰《あんたい》だった。

課長が東宮に伝えたかったのは娘の件だけだったようで、後にいくつか仕事のことで確認をされてから、東宮は席を離れた。

――やはり、三隅を切り捨てないと。

あらためてそんなふうに思う。

三隅と顔を合わせているときにはその魅力に打ちのめされるが、昼の空気に触れ、明るい蛍光灯の下にいるときには職場の事情と打算が東宮を支配していた。

これ以上三隅に居座られないためには、どこかに就職を斡旋《あっせん》するのが一番だろう。財務省と関係がある独立行政法人や関連する団体などに、就職を世話するのは難しくはないはずだ。

だが、三隅の性格を思うと、お堅い仕事は無理だとわかっていた。

——頭はいいし、柔軟性はあるけど、定時出勤は、まずできない。無能な上司へのお追《つい》従《しょう》も無理だし、客としてモンスタークレイマーが来たらうまくいかないだろうな。自由業の、ひらめきだけで生きる仕事なら合うかもしれないけど、三隅は芸術方面の人間じゃないし。よっぽど理解のある上司に恵まれたら、社会を変えるほどの貢献をしそうな人材ではあるんだけど。

優秀だが、日本社会でサラリーマンとして働いていくには不適格。

それが、東宮の三隅に対する評価だ。三隅も最初は自分で事業を興そうとしていたらしいから、それなりにやる気はあったのだろう。だが何かとうまくいかず、ヒモのような生活をするようになっていったということなのだろうか。

そもそもどうして三隅がアメリカから帰国したのか、気になってきた。

——前回日本を離れたときは、借金を俺に押しつけて高飛び、だったよな。まさか今回も借金まみれになって、日本に逃げてきたんじゃないだろうな。

就職を斡旋するよりも先に、そのあたりをクリーンにしておかなければならない気がして、東宮はスマートフォンを引き寄せた。

調査を依頼することにしたのは、財務省を退職して、民間で統計データを扱うリサーチ会社を興した元同僚《ちょうほう》だ。いろんなところに情報源を持ち、探偵のようなことを依頼しても調べてくれるので重宝《ちょうほう》している。

「ひさしぶり。元気か」

そんなふうに切り出してから、三隅という男がニューヨークで何をしてきたのか、そのあたりのことを調べて欲しいと依頼した。海外まで調査の範疇《はんちゅう》なのか気になったが、快く引き受けてくれた。東宮は自分が知っている限りの三隅の情報を伝えていく。

だが、用件が済んだころに、思わぬことを切り出された。

『そういえば、省内で何か変わったことはないか?』

「変わったこと?」

東宮は不思議に思って聞き返す。お役所仕事だから、月ごとにだいたいルーティンで仕事は進んでいく。政権が変わるたびに予算組みなどに多少の変化はあるが、どういう意味での質問なのかピンとこない。

「あるといえばあるし、ないといえばない」

『つまり、だな。……ここだけの話にして欲しいんだが』

そんな前置きの後で、声がひそめられた。

『東京地検が動いてる。どうやら財務省を内偵しているらしい。何について調べているのか、気になってる』

「東京地検? 今の政権の関連か?」

東宮の声も、つられて低くなった。

政権と結託した業者に便宜《べんぎ》をはかったのではないかという疑いで、今、国会が揺れている。その関連で各省庁のトップが国会に呼び出されることが続いていたから、まずはそのことが頭に浮かんだ。

『どうやら、別件らしい。内偵してるのは、おまえのいる課のようだぞ』

「え」

その情報に、東宮は息を詰めた。

東京地検に探られるようなことがあるだろうかと考えてみたが、特に心あたりはない。

東京地検が動いた事件としてまず頭に浮かんだのは、二十年ほど前の大蔵省ノーパンしゃぶしゃぶ事件だ。官僚七人がノーパンしゃぶしゃぶと言われる店で業者に接待されたことが露呈《ろてい》して、大スキャンダルになった。大蔵省は強大な権限を持ちすぎているとされて、金融庁と財務省に分割されるきっかけにもなった事件だ。

「官僚汚職か？　キャリア？　ノンキャリ？」

職場の自分の席だったから、誰にも聞かれないように声を殺す。

『そのあたりは、まだつかめない。噂段階。だからこそ、内部のおまえに聞いてみたんだけど』

「全く心あたりはないな。だけど、気をつけてみる。おまえも、何かつかんだら教えてくれ」

『ああ』

電話を切ってからも、妙な胸騒ぎが残った。

東宮はあらためて、フロア全体を眺めてみる。

いつもの活気に満ちたこの職場に、東京地検に探られるようなことがあるのかと気になった。だが、今ぐらいのレベルの噂はよくあることとも言える。東宮が入省してから何度か、そんな話を耳にしてきた。それでも念のため、探ってみることにする。

部下に頼もうとしていた資料を手に持ち、それを配布するついでにさりげなく聞きこんでみたが、やはり東京地検の気配を察しているものはいないようだ。

またしても単なる噂か、もしくは別の部署の話ではないかと思いながら東宮はその日の仕事を終わらせ、午後八時過ぎに帰宅の途《と》についた。

――腹減った……。

職場には徹夜での作業のために、カップラーメンやスナックが常備されている。

だが、たまにはおいしいものが食べたい。いつもは帰宅途中にコンビニなどで買い物をするのだったが、三隅がいるのなら何か作ってくれている可能性はあるだろうか。

――チキンカレーとか、卵のスープとかおいしかったよな……。夜遅いから、さほどがっつりしたメニューじゃなくていいんだけど。

出ていけという態度を貫いている以上、SNS経由で夕食があるのかどうか、尋ねるわけにもいかない。三隅が居座るのを、許容することになるからだ。

——あると信じて帰ってみる？　けど、なかったら、空腹のまま寝るのか……。

食料の買い置きはどれだけあっただろうか。やはりコンビニに寄ったほうがいいのか。悩みながらも結局買い物はしないまま、自宅のマンションにたどり着いていた。

自分の部屋の鉄のドアを開いた途端に、置いてある三隅の靴に気づく。

——やっぱりいるんだ……。

ホッとしたようなモヤモヤするような気分で、東宮はリビングに向かった。

「おかえり」

最近はすっかり定番となった、リビングのテレビの前のソファで三隅がのんびりとくつろいでいる。今日はタブレットで映画でも観ていたようだ。その様子をチラッと眺めてから、東宮はリビングを横断して、片端にある着替えスペースへと向かった。

「いつまで居座るつもりだ？」

ことさら無愛想な態度を取ってしまう。

三隅の顔を見ると、おまえの料理をアテにしていたなどとは切り出せない。だが、ネクタイを抜いてスーツから部屋着に着替えていると、三隅が立ち上がったのが見えた。

「腹減ってない？　何か、軽いものでも食う？」

待ってました、とばかりに腹が鳴りそうになる。だが、東宮はあえて冷ややかな態度を保った。

「何か作ったのか？　あるのなら、無駄になってもいけないし、食べてもいい」

「ないけど、腹が減ってるんだったら作ってやるよ。ろくなもん、食べてないんだろ」

「軽くでいいからな」

自分ならこんな言い方をされたら味噌汁《みそしる》を温め直す気もなくなるだろうが、三隅はそうではないらしい。気配をうかがっていると、冷蔵庫を開閉しているのがわかる。

「雑炊《ぞうすい》でいい？」

「ああ。何でもいい」

三隅のマメで料理好きな性格に感謝するのと同時に、自分のそんな性格を見抜かれているような気もしてきた。

部屋着に着替えた後で、待ちきれずにキッチンで料理をしている三隅の背後から近づいて、鍋の中をのぞく。野菜がたっぷり入ったスープがおいしそうに煮られていた。

東宮に気づくと、三隅がリンゴを剝きながら言ってくる。

「果物も食べな。五分ぐらいでできるから」

「ん。卵も入れて」

どんな料理が作られているのか確認してから、東宮は脱ぎ捨てたワイシャツをつかんでクリーニング用の袋に入れようとした。

だが、そこが空なのに驚いた。

「あれ？」

忙しいときにはタクシーでここまで戻り、シャワーを浴びている間、待っていてもらって職場に引き返すこともあるぐらいだ。家事などしている時間はない。ワイシャツは多めに持っていてまとめてクリーニングに出すのだったが、前に出したのはいつだったか、すぐには思い出せない。

だからこそ、大量の汚れたワイシャツがパンパンに詰まっていたはずの袋をどうにかしなければと思っていたのだが、そこが空っぽだ。代わりに大量のクリーニング後のワイシャツが、クローゼットに収納してあった。

「おまえ、クリーニング行った？」

さすがにクリーニング店の店員が、自分の部屋に入ってきて交換するとは思えない。だとしたら、三隅しか考えられない。

すると、三隅が声を張り上げた。

「暇だったから部屋の掃除をしてたら、ワイシャツが溜まってるのが目についたからさ。クリーニングに出しに行ったら、代わりにこれ持ってってくださいって大量に返されたんだ」

「ああ」

あらためて部屋を見回してみると、床までピカピカに磨かれている。散乱していた衣服や新聞、雑誌などが綺麗に整理整頓されて、床面積がだいぶ増えていた。おそらく何ヶ月も、掃除機さえかけていなかった。

──すごくありがたいけど。それも全部、こいつの策略だから。

東宮はキリリと心を引きしめた。ここで感謝したり、ほだされてはならない。追い出す心を、常に持っていなくては。

「よくクリーニング屋、わかったな」

言うと、三隅がキッチンから皿を運びながら言ってきた。

「伝票、ついたままだったから。店名見て、スマホで検索して」

下手すれば、明日のワイシャツも足りなくなるピンチだったはずだ。絶好のタイミングでクリーニング店に行ってくれたことに感謝するしかない。他にも朝、脱ぎ捨てたままになっていたものがキチンと洗われて収納されており、柔軟剤のいい匂いがした。

独身男が結婚を決意するのは、こんな日常の心地よさに触れたときだろうか。

だが、柔軟剤を使うのはヒモをしていた女の下で教えられたことかもしれないと思うと、モヤモヤした。

それでも、テーブルに置かれていた料理を見るなり、東宮の機嫌は直る。

出されたのは、野菜がたっぷり入った酸辣湯《スーラータン》風のスープ雑炊だった。

口をつけると野菜のおいしさが広がり、酢の酸っぱさが疲れを癒やす。しかも、混ぜてあったベーコンが、肉を食べたい欲望も満たした。

――やっぱり、三隅が女だったら、結婚を考えちゃうパターン。

だけど、三隅はそんな可愛いものではない。東宮はそれを知っている。

とっとと追い出さなければ、三隅のいる生活の便利さに慣らされて、ますます追い出せなくなりそうだ。だけど、三隅はこんなとき、東宮の心を見抜いているように優しくふるまってくる。

「メシ食ったら、お風呂入れよ。沸かしといたから」

「ん。……ありがと」

スープの味付けがとてもよくて、あとを引いた。

食欲が満たされた後に、東宮はバスルームに向かった。ここもかなり雑な掃除しかしていなかったから、バスタブに湯を張ることも避けていた。ずっとシャワーで済ませていたのに、壁や床がピカピカに磨き上げられてお湯が張られているうえに、入る前に三隅に入浴剤のタブレットを渡された。

「これ、使って」

言われるがままに、湯の中に投入する。女子が好きそうな、薔薇《ばら》の芳香のするロマンチックなバスになった。

――さすがヒモ。……女性好きするアイテムがよくわかってる。……女性じゃなくても、これは気持ちがいい……。

東宮は首までつかった湯の中で放心する。

ただ寝るだけの場所になっていた家で、こんなふうにくつろげるなんて思わなかった。気持ちのよさに、ふわふわする。

「湯加減はどうだ？」

ドアの外から言われて、さすがに正直に返した。

「最高。ちょうどいい」

「頭、洗ってやろうか」

「……うん」

何だかんだ言っても、三隅にかまわれるのは嬉しい。

待っていると、部屋着の裾を膝までまくり上げた三隅が入ってきた。椅子に座らされてから、美容院のように丁寧に髪を洗ってくれる。

「お痒いところは、ございませんか？」

大きな手で爪を立てないように洗われると、気持ちがよすぎる。

風呂を上がった後には、ドライヤーで髪を乾かしてくれた。

三隅の指が髪を柔らかに撫でていくたびに、心地よさに眠気までこみ上げてくる。

だが、こんなことをしてくれる理由は、わかりきっていた。こんなふうに自分の存在価値を高めることで、居座るつもりなのだろう。無銭飲食宿泊ぐらいならともかく、新たな連帯保証人や借金を切り出される可能性もあるのだから、油断してはならない。

わかっていても、好きな男にサービスされるのはたまらなく甘い体験だった。しかも三隅の手つきは、他人に触れることに慣れたものだ。どうすれば相手が気持ちいいのか、熟知しきっている。

だからこそ、髪を乾かし終えた三隅がドライヤーのスイッチを切ったのと同時に、東宮は不機嫌そのものの声で尋ねていた。

「前の女、どんなの？」

わざわざ金を払って三隅の調査を依頼してはいたが、直接尋ねたらよかったのだと気がついた。それでも三隅は嘘をつくかもしれないし、裏付けを取らなければ安心できないほど、東宮は三隅を信用してはいない。

「マンハッタンに住んでた、ショービジネスに関わる女性」

「ヒモしてたんだよな」

その問いに、悪びれることなく三隅はうなずいた。

「ヒモというか、まぁ、女性が面倒見てくれてた。わりと俺、適性あるみたいだぜ。相手がしたいことを見抜いて、それに的を絞ったサービスをすれば、俺のこと気に入って、そばにおいておきたがる」

そんな言葉に東宮は呆れた。

三隅ほど頭がいいのだったら、ヒモなどしなくても立派に稼ぐことができそうなものだ。その天才ぶりに打ちのめされた過去があるだけに、何だか悔しくなる。

「慣れてるんだ、人洗うの」

悔し紛れに言っていた。

三隅に乾かしてもらった髪は、いつもよりさらさらだ。シャンプーもドライヤーも何ら変わらないはずなのに、コツでもあるのだろうか。

すると、三隅がドライヤーを片付けながら言ってきた。

「人というより、彼女が飼ってた犬をよく洗ったからな」

――何だと？

いけしゃーしゃーと言い放つ三隅に殺意がわいたが、この男にそんなものを向けても無駄だとわかってもいる。

「ヒモしてたのは、どんな人？」

嫉妬しているということを悟られないように、気のない調子で聞いてみた。部屋の隅を見たまま、三隅には顔も向けない。

どうせそんな演技をしてみたところで、気づかれたくないことは悟られ、気づいてもらいたいところはスルーされることはわかっている。それでも一応の防波堤を築かずにはいられない。

「情が深い人かな。最初は俺も英語が下手でさ。いい感じの意思疎通ができなかったんだけど、不思議とどうにかなってね。……寂しい人は、俺みたいなの、そばにおいておきたがる」

その言葉に、自分も寂しい人かよ、と東宮は心の中で反駁《はんばく》せずにはいられなかった。

三隅は自分の中に、どんな不足を見いだしているのだろうか。寂しさか。欲求不満か。

その女の同類だと思われたくなくて、冷ややかに宣言しておく。

「で。いつ出てくつもりなんだよ？　前みたいなのは、こりごりだから。また酔っ払わされて、妙な書類にサインさせられないうちに、とっとと追い出さないと」

五年前に三隅がいなくなったときの喪失感や痛みを、二度と味わいたくない。

今さら目の前に現れたとしても、こんなのは過去の残像でしかないはずだ。

「しばらくここにいたいんだけど」

そう切り出されて、東宮は即座に言い返した。

「お断り。他の女のところにでも、転がりこめばいいだろ。おまえなら、誰でも喜んで迎えるだろうよ」

顔も身体もいいし、家事もうまい。空気を読むのも得意だ。この男がその気になったら、その日の宿には困らない。

だけど、三隅は意外にもしつこく食い下がってきた。

「そんなこと言うなよ。俺はおまえのこと、気に入ってるんだ。別れてからずっと、ことあるごとに思い出してた。おまえに会いたいってな。サービスもするし、ご飯もおいしく作るし、部屋の掃除もするから、しばらく置いて」

「言っとくけど、部屋が汚くなったのは、誰かさんの五百万の借金を返すためにボロボロになるまで働いて、家事などする気力がなかったからだからな」

「だな。かつてのおまえの部屋は、キチンと整理されてた」

「だろ」

「ごめんな」

初めて謝られたことに、ひどく驚いた。意外でもあったが、それくらいで許すわけにはいかない。

だけど少しは置いてもいいか、と気持ちが変化し始めた東宮に、屈託なく三隅が言ってきた。

「少し金貸して。手持ちの金は、今日の買い出しや、おまえのクリーニング代に使っちゃった。明日もご飯作っておくから」

——まぁ、クリーニング代はかかったよな。

料金は先払いだ。三週間分ぐらいのワイシャツを全て出したのなら、それなりの額はいく。

その料金や、食費を払うのはやぶさかではない。

——だけど、それ以上の小遣いまで払うつもりなのか、俺は？

ここが正念場だった。

はねつけるのなら、今しかない。わかっていたのに、明日も帰宅したときに三隅の料理が食べたいという気持ちが勝ってしまった。

「……いくら？」

しぶしぶといった様子で、東宮は財布を引き寄せる。

少なくとも、この男に借りは作りたくない。クリーニング代は払っておきたい。

「手持ちでいいけど」

その言葉に、東宮はうなずいた。

財布の中には一万とちょっとぐらいしかなかった。これでは、子供の小遣いだ。さすがにそんな額を手渡すのはためらわれて、東宮は少し悩んだ後で席を立った。

三隅の借金を返しながら自由に使える金のストックがなければダメだと気づかされて、借金を返す傍らで箪笥《たんす》預金を始めた。それが、一定額貯まっている。

その中から十万を取り出して、封筒に入れて手渡した。

「じゃあ、これ」

三隅は封筒の中身を確認して、少し驚いた顔を見せた。

「こんなに、大丈夫？」

「ああ。メシ代だろ？　余計なことには使うなよ」

あくまでも生活費だと念を押してみたが、すぐさま後悔していた。

――けどまぁ、料理や家を掃除するサービス代だと思えば、そう高くはないはずだよな。

キャバクラとか風俗にはまったのに比べれば、それこそ比較にならない。

そんなふうに、割り切ることにする。

我ながらチョロいと思う。

こんなだから、三隅につけこまれるのだ。

〔三〕

転がりこんだ家の居心地は、その家主との相性で全てが決まる。

それが、三隅の持論だった。

ざっくばらんで、何をどうしてもかまわない、というあけっぴろげな性格だったのは、前にいたニューヨークの高級アパートメントに住む女だ。東宮とは、正反対のタイプと言える。

三隅の好みとしては、東宮のようなタイプは本来面倒で手を出さないはずなのだが、どうしてここまで深入りしているのか、自分でもわからない。相手には困らなかったから、三隅にとって他人はどのように利用してもいい対象でしかなかった。東宮もその区分に入っている相手だったはずだ。

利用しきった後は、二度とその相手とは会わない。そんなふうに切り捨てるつもりで、東宮を利用した。だけど、日本を出てからもふとした折りに東宮の表情が蘇ってきたのが不思議だった。

何てことはない笑顔や、少し小憎《こにく》らしい物言い。東宮独特の素直ではない表現に、ふてくされた表情。そんなのを何かにつけて思い出し、帰国を決めたときにのこのこと東宮に会いに行かずにはいられなかった。

――すっげえ嫌な顔をされたけど。

再会時のことを思い出すと、三隅は笑えてくる。

あんなふうにすげなく扱われるのに、ぞくぞくした。三隅にあそこまでの憎まれ口を叩く相手はいない。そのくせ、東宮の目はいつでも三隅を追っている。学生時代と同じように。

だからこそ、まだ自分のことが好きなのだとすぐにわかった。

――何なんだろうな。俺にとっての、東宮は。

やけに気にかかる存在なのだが、単なる同級生にすぎないはずだ。不思議と東宮のことが気になって会いに来てしまったが、ある程度ここにいれば収まる程度でしかないはずだ。

だが、ひさしぶりに顔を合わせた東宮は、したたかに磨かれていた。財務省主計局の係長になったのだという。主計局といえば予算を握っている部署であり、財務省のエース部門だ。これと見こまれた職員だけが配属される、体力と能力が必要とされる戦場だと聞いた。

ずっと遊んで暮らしていた自分と、ひたすら一線で頑張ってきた東宮を比べて、少し反省もした。

――だけど、俺はこんなだから。

より高い成績を取ろうとする同級生の中で、自分が浮いていたのは知っている。秀才ばかりが集まった学校の中で、三隅だけがテストに関心がなかった。代わりに興味を持っていたのは人間観察だった、どんな言葉を発したら、女は自分の虜になるのか。どんなふるまいをしたら、嫌われるのか。そんな最中に、東宮が自分ばかり見ているのに気づいたのだ。

他人には興味がないとばかりにふるまっているくせに、三隅がかまわずにいると拗《す》ねた顔をするのが可愛い。そのくせかまいすぎると、ひどく迷惑だという態度を取られるのだ。

――あいつの部屋は、性格を反映してる……。

三隅は部屋をうろつきながら、そう思う。

何もかもキチンとしていなければ、気が済まない東宮らしい。

そのくせ、忙しくなると全く家のことには手が回らないようで、来たときにはひどいありさまだった。東宮がストレスでギスギスしながらも、どうにか現実と妥協して暮らしているのがよくわかる部屋だった。

――あいつ、ストレスでよく死なないな。それに、借金返すのにすごく働いたんだって？

東宮が過労死しなかったことに感謝しながらも、三隅はまずこの家の居心地をよくすることから着手することにした。

埃《ほこり》の溜まった床に掃除機をかけ、散乱していた衣服や新聞や雑誌や書類を片っ端から片付けて、ゴミを出す。その基本的な作業を終えてから、部屋の雰囲気をさらによくすべく、カーテンや絨毯《じゅうたん》やインテリアを三隅好みに変えていった。

――東宮はセンスがない。何でも茶色にすれば、統一されると思ってる。

だからこそ、最初の十万はあっという間に消えた。金はすぐに足りなくなったから、東宮にねだった。

　自分に金を差し出すときの、屈辱感が滲《にじ》む東宮の表情がたまらない。今のところは部屋の模様替えをする、と目的がしっかりしているから、東宮も断れないのだろう。だけどいつまた小遣い銭をむしり取られるのかと警戒しているのが、ありありと伝わってきた。

　——俺を信用していない。

　こうやって金を引き出すことに慣らしておいて、いずれは大金をむしり取るんだろ、と考えているのが読み取れる。

　だからこそ、そんな顔をさせるのが楽しくて、ことさら少額ずつせびっていた。

「あと三万でいいから。貸して」

「おまえ、前もこれが最後って言ってたよな」

「本当にこれが最後。どうしても、このソファに合うクッションを買いたいんだ。あと、タオルとかも買い換えたい。肌触りのいいの使うと、朝、顔を洗うときから幸せになれるぜ」

　理由をつけると、東宮はしぶしぶながら金を出してくれた。今のところ、金を出さなかったことはない。金を出すのは決まって同じ引き出しからだから、あそこに簞笥預金があることはわかっているが、さすがに三隅が無断で金を持ち出すことはない。

　だが、三万受け取った後で、ふと三隅は思い出して、にこやかに追加をねだることにした。他の目的のためにも金を引き出してみたら、どんな顔をするだろうか。

「あともうちょっと貸して。十万。必ず返すから」

「何に使うつもりなんだよ？」

東宮はことさら警戒した顔を見せた。まるっきり三隅を信じていない態度だ。なのに、押せばわりとほだされてくれるから、それを見越して三隅は正直に伝えることにした。

「飲みに行きたい。多少は金がないと、街をぶらつくこともできないから」

「それくらいは、自分で稼げよ」

ため息をつきながらも、東宮は追加で十万円渡してくれる。この魔法の引き出しには、いったいいくら入っているのだろうか。

キツい態度を取りながらも、東宮があまりにもチョロいのにわくわくする。こんな態度では、自分以外の相手にもつけこまれないのか。

——東宮って、自分が心を許した人間には甘いんだよな。まぁ、滅多に他人に心を許さないけど。

それを持って、三隅はひさしぶりに飲みに出ることにした。新宿《しんじゅく》の街は楽しくて、夜遅くまで盛り上がった。出会ったばかりの男に無職だと伝えると、これから働かない？　と誘われたり、いつでも転がりこんでいいわよと言い出す女も見つけた。それでも、簡単に乗り換えることなく、東宮のマンションに戻ってきたのはどうしてなのか、三隅にもわからない。今まではほんの軽い気持ちで、次々と乗り換えてきたはずだ。挨拶《あいさつ》もせずに、二度と帰らなかった家もある。

そろそろ日付が変わりそうなころにマンションまでたどり着き、エレベーターを待つ間に三隅はSNSを確認した。東宮はいつも残業で遅いが、もう帰宅しているかもしれない。夕食も用意せずに、飲み歩いて帰ってきた三隅にどれだけ嫌みを言うだろうかと考えると、やっぱり帰ってこないほうがよかっただろうかと考えた。

だが、見つけたのは別のメッセージだ。

『今日、遅くなるから』

わりとマメに、帰宅する時間や食事が必要かそうじゃないのかを送信してくるのが可愛い。帰宅時間を知らされると、食事でも準備しなければならないんだろうか、という気になる。それを期待して送信しているのだろうが、あまり甘い顔を見せないのも東宮との付き合いを長続きさせるコツだと、三隅は本能的に理解してもいた。

――どっちが先に帰ってるかな。

エレベーターが到着し、それに乗りこむと、ドアが閉まる間際に駆けこんできたのが東宮だった。

「お」

東宮のために、ドアを閉じずに待ってやる。東宮は三隅が出かけていたとは思っていなかったようで、不思議そうにマジマジと見つめてきた。

そんな東宮を見つめ返し、目的の階のボタンを押しながら、三隅はにこやかに尋ねてみる。

「デート？」

三隅が転がりこんできたころに上司の娘と初デートをして、それから続いているようだ。仕事帰りに会うことが多いようで、頑張ってビジネス用としてもおかしくないスーツやネクタイを選んでいくし、帰宅した後の態度がどこかよそよそしい。だから、三隅には何月何日にデートをしたのか、簡単に把握できる。

今日もデートをした後の顔や服装をしているくせに、認めたくないのか、東宮は沈黙していた。

今日で東宮がデートをして帰ってくるのも、四回目だ。いつセックスに持ちこんでも不思議ではないのだが、今日もおとなしく食事だけで帰ってきたという時間帯だ。

——まだ、やってないのか？　何してんの、東宮。オクテすぎね？

女性の前ではアルコールが強いと思わせたいのか、デートをして帰宅するときの東宮は、いつでも少し飲みすぎている。ちょっとトロンとした目や隙だらけの態度など、自分が相手の女だったら押し倒してみたくもなるものだが、そうではないのか。

思わずくすっと笑ったときに、エレベーターが目的の階に到着した。東宮を先に降ろし、その後を追いながら、ドアの前で鍵を開けるのに戸惑っている東宮を観察した。

——ホテルに行かないのは、相手が上司の娘だから、慎重にってこと？

何が東宮が積極的にいくのを妨《さまた》げているのか、しばし考えた。もしかして、自分の存在が影響しているのだろうか。酔っていた東宮がようやく鍵を見つけて玄関のドアを開けたとき、三隅はふと気づいた。

東宮が見慣れない時計をはめている。

——あれ？　それって。

気になって、部屋の中に入っていく東宮に背後からじゃれつくようにしながら時計を確認した。

東宮の骨張った手首には巻かれていたのは、オールドスタイルの金属ベルトの時計だった。量産はできない職人仕事の時計のために日本ではほとんど流通しておらず、知る人ぞ知る存在になっているのだったが、腕時計界のレジェンドと言われる男の名前を冠したメーカーの高級腕時計ではないだろうか。

知り合いにその愛好家がいたので、うんちくを何度も聞かされたことがあった。見慣れたその時計に、東宮がしているものはそっくりだ。

——あれって、数百万かはしたはず。でも、……それ？　東宮が？

質実剛健《しつじつごうけん》な東宮の持ち物にしては違和感があるし、若手官僚がするような時計とも思えない。

レプリカだろうとは思ったが、どうしても気になった。三隅はリビングに向かって歩きながら東宮の手を離さず、その時計を耳に押し当てた。

「え？　何？」

驚いたように、東宮が立ちすくむ。三隅は黙って、その時計からの音に集中した。何よりその時計を見分けるのに有効なのは、聞こえてくる機械音だと聞いていた。何度も愛好家に耳に押し当てられたから、その音は聞き分けられる。

確かにそれと同じ音だ、と確認してから、東宮の手を離した。不思議そうにしている東宮とリビングに向かいながら、尋ねてみる。

「どうしたの、これ。親族の遺産かなんか？」

東宮の家は子供の教育には金をかけているようだが、ここまでの高級品を買う余裕はあるのだろうか。

「もらいもの」

呑気《のんき》に東宮が言うから、さすがにギョッとした。東宮本人も、これを渡した人も、その価値を知らないのだろうか。数百万の贈与は、さすがに看過《かんか》できない。

「誰から？」

「誰からでもいいだろ」

東宮は三隅からすっと離れて、リビングの端にあるクローゼットの前の着替えコーナーに陣取る。背中を向けたその態度から、言いにくい相手からのものだとわかったが、あえて食い下がらずにはいられなかった。

「彼女から？　うまくいってんの？」

気軽に恋人に渡せるような品ではない。どういうつもりだ、と、三隅の目つきが少し鋭くなる。

だが、酔っているうえにクローゼットの前で着替え始めていた東宮は、三隅の声に混じった不審感には気づかないようだ。

「うまく……いってるかはよくわからないけど。素敵《すてき》だったから、どうぞって渡された。見慣れない時計なんだけど、高いのか？」

尋ねられて、三隅はますます疑問に思った。

「まぁな」

東宮自身はその価値を知らないようだが、接触する政治家やその秘書、陳情に来た業界トップの中には、その価値に気づくものもいるはずだ。若手官僚の手首にあるにしては不相応すぎる時計について、問いただす者もいるかもしれない。

「だったらお礼に、俺も花かネックレスでも買おうかな」

かなり酔っているのか、東宮は少しふにゃふにゃしたことを言ってくる。しかし、明日になって正気に戻れば、三隅の反応が変だったことに気づいて、時計のメーカーを確認するかもしれない。

何でそんな高価すぎるものを東宮に渡したのか、という疑念が払拭《ふっしょく》されるまで、東宮本人は何も気づかないままでいたほうが安全だ。そんなふうに判断した三隅は、立ち上がって東宮の手首をぐっと握りこんだ。

「これ、俺にくれよ」

「え？　ダメだよ、もらいものだし」

おそらく、結婚を前提にお付き合いしている相手からのプレゼントだ。次のデートのときにもそれをつけていくのが、恋人同士のマナーと言える。

「いいだろ。俺との記念に」

三隅は時計を素早く外そうとしたが、さすがにそれは不可能だった。意固地になったように手を振りはらわれたので、気をそらすために三隅は着替え途中の東宮のあごをつかんだ。

キスで気をそらすつもりもあったし、こんなときの東宮のぼうっとしている顔はわりと好みだ。顔を近づけただけで動けなくなった東宮をギリギリまで壁に追いつめた後で、三隅は唇を奪う。

「ン」

女性のものよりも肉が少ないせいか、唇をつけてすぐは、あっさりとした感触がある。だけど、その奥にある舌は熱かった。アルコールの匂いがする口腔内をたっぷりむさぼってから離すと、酔っ払いは時計のことをすぐに忘れたらしい。

くったりと力が抜けた身体を抱きたいと思いながら、三隅はその腰に腕を回した。

「彼女とは、……寝たの？」

東宮の頭に顔を寄せて、髪の匂いを嗅ぎながら尋ねてみる。まだセックスまではいっていないと推測できてはいたものの、シャンプーなどの匂いがしないことを確認しておきたい。

別に東宮が彼女としてようが、三隅とは何も関係がないはずだ。他人のセックス事情に関わるつもりはなかったし、自分も誰かとすることに文句を言われたくない。

なのに、どうして東宮と彼女の関係が気になるのか、不可解だった。そんな自分の心を、探っておきたくなる。

そんな三隅の心のありように、東宮も引っかかったようだ。不思議そうに、三隅の顔をのぞきこんできた。

「どうしたんだよ？　嫉妬してんの？」

「するはずないだろ」

それは驚くほどすんなりと、口から出た。嫉妬という感情が自分にあることすら忘れていた三隅だ。だからこそ反射的に返せたのだが、その反応は東宮を深く傷つけたらしい。

機嫌を損ねたように眉を寄せ、三隅の腕を振りはらって数歩離れた。

拗ねたように背中を向けながら、東宮はスーツをハンガーにかけ、鞄を壁際に押しやる。

そのときに何かを思い出したのか、東宮はおもむろにしゃがみこんで鞄の中を探った。

「これ。時計の代わりにやるよ。時間あったら、換金しておいて。いくらになったのか金額だけ教えてくれれば、小遣いにしていいから」

渡されたのは、商品券が入った封筒だ。かなり厚みがある。ざっと枚数数えるためにぱらぱらめくりながら、三隅は尋ねた。

「どうしたの、これ」

「上司から渡された。換金しておけって」

「業者からのプレゼント？　公務員は贈賄《ぞうわい》禁止だろ」

「それはそうなんだけどね。発覚して、マスコミが取り上げるようになったら面倒なことになりかねないから、現金とか商品券とかビール券とかは受け取りたくないっていうのが本音。だけど、たまにいろんなものに紛れて渡されて、返品しそこねて、そういうのが徐々に溜まっていって」

「ふーん」

「さすがに捨てるのは惜しいから、適当に若手に分配するらしい。課長が自分じゃ換金しないのは、もしものときの発覚を恐れて、だろうね。今回は俺が好きに使っていいって渡されたけど、処分に困って押しつけたんじゃないかな」

「だったら、おまえも換金したのがバレたらヤバいんじゃないの？」

東宮はその言葉に、唇を歪めた。

「俺のことを見こんでくれてる上司だから、面倒なこと回避したいのかつ、小遣いのつもりなんだろうよ。だけど俺も念のため、自分じゃなくっておまえに渡して換金してもらう。……捨てちゃうのも、もったいないしね」

「だな」

かなり分厚い束だから、十万ぐらいにはなるだろうか。確かにそのまま、捨ててしまうのは惜しい。

だけど、何かが引っかかった。

公務員がリスク管理に、こんなにもずさんでいいのだろうか。上司は東宮にこのようなものを与えて、発覚するリスクを恐れないのか。いつもしていることなら納得いくが、先ほどの腕時計の件も引っかかる。

「この商品券をくれた上司って、自分の娘とおまえを見合いさせた上司と一緒？」

「……そう」

「上司の娘、どんな感じなの？」

そんなことを、初めて聞いたような気がする。

上司の娘がどんな顔をしてようと、少し前まではどうでもよかった。

三隅に影響するのは、東宮とその娘の結婚が本決まりになったら自分がこの部屋を追い出されるかもしれないというところだろうが、上司の娘と結婚するとなったらそれなりの段取りは踏むはずだ。

つまり、半年や一年ぐらいは猶予《ゆうよ》がある。それまで、自分がここにいるかどうかもわからない。今日ですら、わざわざ戻ってきたのが不思議なぐらいなのだ。

他人の家に転がりこむのと同じように、三隅は出ていくときもあっさりだ。しがらみを作りたくないから、大切なものは持たない。そのまま相手の家に残していっても惜しくないほどの執着しか、全ての人やものに抱いていないつもりだった。

だけど一人で家を借りることなく誰かのところに転がりこむのは、人といると落ち着くからだ。一人では眠れない夜がある。真夜中にふと目覚めて、誰かがそばにいたときの安堵《あんど》感を手放せない。

——昔、ぜんそくだったからかな。

大人になってからはすっかりよくなったが、深夜にいきなり呼吸ができなくなったときに母が落ち着かせてくれたときの感覚が、身体のどこかに染みこんでいるのかもしれない。一人で寝るのは、どうしてもダメなのだ。

「俺と付き合ってる相手のことが、気になるんだ?」

三隅の質問を、東宮は自分の都合がいいように勘違いしたらしい。嫉妬、という言葉を全否定したばかりだというのに、東宮はへこたれない。

東宮がずっと三隅に恋心を抱き続けていたことは知っている。

だけど、三隅には『愛』がわからない。その容姿ゆえに他人はやたらと三隅をちやほやしたから、三隅もその扱いに慣れた。多少雑な対応をしても、女は腐るほどいる。その好意を断るのが面倒なほどだったし、利用しても相手は怒るどころか喜んでくれる。むしろ大勢の女性と付き合うのは、三隅にとってはある種のサービスのように感じられることもあった。

だけど、そんな中で東宮は違っていた。

——何せ、男。

女性とは違う、自分と同じ性だ。東宮の自分への気持ちの表しかたが独特に感じられるのは、そのせいだろうか。

三隅のことを好きでたまらないくせに、ひたすらそれを隠そうとする。だからこそ、高校の卒業式の前夜、東宮の本心を暴かずにはいられなかった。

——抱くつもりなどなかったけど、してみたら意外とよかった。

男に欲情はしないはずだ。だけど、あのときの東宮には限りなくそそられた。必死になって声を抑え、三隅にしがみついてくる態度に、めちゃくちゃ興奮した。今でも東宮を抱くときには、テンションが上がる。

不思議に思っている気持ちを隠して、三隅は言ってみる。

「嫉妬などしないし、どんな女と付き合おうがどうでもいい。おまえのことが気になるのは、親心のようなものかな。何せ、この年になるまで俺としか付き合ったことがないから、さすがに責任を感じる。多少は女のことを、教えてやろうかと。どうふるまったら女の心をつかめるのか、お礼代わりにレクチャーしてやってもいいよ？」

三隅の言葉に傷ついたのか、東宮の目が細められた。無反応を装っているのかもしれないが、付き合いが長いから、そのあたりの反応は手に取るようにわかる。

傷ついても、東宮はそれを極力表に出すことはない。そのしたたかさが好きでもあった。

返す言葉で、東宮は三隅に切りつけてくる。

「そうだな。おまえは、そういうのだけは得意だし」

学生時代は三隅のほうが優秀だったが、社会人になってからは自分のほうが社会的地位は上だと、そんなことを言いたいのだろう。

東宮の言葉にあった刺《とげ》には気づかないふりをして、三隅は甘く微笑んだ。

東宮の攻撃は、三隅にダメージを与えない。

世間の男が熱中する出世や社会的地位など、三隅にはまるで興味がなかった。そんなものを得なければ、社会の承認欲求を得られないほうが哀れだ。

そもそも朝早く起きられないし、無能な上司にかしずくこともできないのだから、まともなサラリーマンにはなれそうもない。

「そう。俺、そういうのだけは得意だから。居候代の代わりに、おまえとその相手がうまくいくように、手取り足取り指南《しなん》してやるって言ってんだよ。贈り物の選びかた一つとっても、センスが問われるからな。レストランや着ていく服の選定、はたまたプロポーズの言葉まで、俺の言う通りにやれば、きっとうまくいく」

「ヒモに聞く気はないよ」

冷ややかに言い返されたが、東宮が攻撃的になるのは傷つけられたときだとわかっていた。

「――寝るから」

それだけ言い捨てて、東宮はさっさと部屋から出ていこうとする。そんな東宮の腕をつかんで引き止めながら、三隅はしつこく尋ねてみた。

「彼女との次のデートはいつ？」

「うるさい」

断りながらも、迷うように東宮の目が泳いだ。

怒ってはいるが、この手のことでは三隅の助言を受け入れたほうがいいという考えもあるのかもしれない。だからこそ、三隅はつけこむように言葉を重ねる。

「こういうのにマニュアルはない。市販の本やネットのマニュアルには、嘘ばかり書いてある。昔からおまえは私服の趣味が悪いし、女を口説くのは苦手だろ」

「……今のとこ、うまくいってる」

「相手が頑張って、合わせてくれてるだけかもしれないぜ。次のデートはいつだよ？」

東宮はしぶしぶ答えた。

「……週末」

「だったら、スーツでは行けないよな。デート用の服も選んでやるし、口説きかたも教えてやる。いいワインが冷えてる。それを飲みながら、詳しくレクチャーしてやるよ」

拒もうかどうしようか東宮が悩んでいるのが、その全身から伝わってきた。

こういうときは少し強引にことを進めたほうがいいと知っていたから、三隅は立ち上がって、ワインを取りに行った。

「いいだろ。少し、酒を飲みたい」

「……俺も、少し飲み足りなかった」

あきらめたように、すとんと東宮がソファに腰を下ろす。

酔ったときの東宮は、少しだけ素直だ。

そんな東宮が可愛くて、何かと気になった。

やっぱりこの家に帰ってきたのは正解だと、三隅は唇をほころばせた。


数日後。

日付が変わりそうな時刻に帰宅した東宮を、三隅は玄関で出迎えた。

「あれ？」

つぶやきが漏れた。

今夜は彼女と初の、お泊まりデートのはずではなかったのだろうか。

そのつもりで最適なシティホテルを予約してやったし、翌朝はルームサービスでの朝食も手配しておいた。

なのに、こんな時刻にその当人が帰ってくるなんて、失敗したとしか思えない。

「どうしたの？」

ストレートに尋ねながら、三隅は表情をなくした東宮の身体を抱き寄せた。頭に顔を寄せると、フローラルな洗髪料の匂いが漂う。

――シャワーは浴びてる。ホテルで。

「ただいま」

そうとだけつぶやいて、東宮は三隅の腕を振りはらい、リビングに直行した。いつもの定番の場所で、着替え始める。

東宮が着ていたのは、キチンとした感じとラフさが微妙に混じりあった、デートに最適な休日スーツだ。映画を観た後に美術館に行き、その後にはそこそこ品格のある店での夕食も挟むから、服装は崩しすぎないのが肝心だ。だけど、気合いが入りすぎた感もない、ほどほどの加減を心得た服選びに間違いはなかった。

——服装は合格だろ。東宮はそこそこ、見栄えするし。

彼女のことをいろいろ聞き出してから、三隅が組んでやったデートプランも問題なかったはずだ。どこで失敗したのかがわからないまま、三隅は東宮の着替えがよく見える位置にあるソファに寝そべった。

「で？　どこで失敗したの？」

東宮の裸の背中は、なかなかにセクシーだ。

もやしっ子だったが、三隅に作らされた借金を返すために肉体労働したのが身体作りには有効だったらしい。上背もあるから、いい身体にはなっている。

客観的には、まぁまぁいい男だ。いくら欲得ずくの結婚であっても相手が好みかどうかは重要な要素だが、東宮ならだいたいの女性の好みの範疇には入るはずだ。

だが、初のお泊まりデートの途中で戻ってきた。

——まさか、勃たなかったとか？

そのあたりが、さりげによく聞く話だ。

東宮は着替え終わるまでは、一言も声を発さなかった。部屋着に着替えてからも無言のまま三隅の前を通り抜け、手首から外した例の高級腕時計を大切そうに簞笥にしまってから、冷蔵庫からビールを運んでくる。

一度、三隅に時計を狙われてから、東宮は用心しているらしい。お金が入っている簞笥はさすがに三隅は倫理上、開けて中を漁《あさ》るようなことはしない。だから時計を自宅に持って帰ったときにはそこに入れて、普段は職場の机で保管しているようだ。上司の前でさりげにはめてみせて、自分はあなたの忠実な部下です、というアピールも欠かさないのだろう。三隅のいるソファテーブルの前に座ると、東宮はグラスに注いだビールをほとんど一気に飲み干した。

よっぽどのどが渇いていたらしい。

「そんなにも、頑張って運動したの？」

いつにない東宮の飲みっぷりに、三隅は不思議に思ってソファに身体を起こした。

東宮はビールをつぎ足すと、今度はだいぶ落ち着いた調子で口をつける。

「運動は……してない」

「ん？」

「すごく緊張したから、のどが渇いただけ。ホテル行って、まぁ、そういうことになるだろ。彼女はすっかり、ウエルカムな状況だった。この先を望んでいる雰囲気があったから、俺からシャワーを浴びることになったんだけど」

「へえ？」

東宮は自分の分しかグラスを準備してなかったから、三隅も自分の分のグラスを準備して、相伴《しょうばん》に与りながら続きをうながす。

東宮はかなりのエリートであり、マニュアルさえあればたいていのことは上手にこなせる人間だ。財務省に就職し、それなりに押しも強い。人付き合いはあまり得意ではなさそうだが、それでも出世のためのお追従笑いは上手になったようだ。

——だから、そんな東宮に女関係のノウハウをみっちり教えてやったつもりだけど。

「何をどう失敗したの？　俺が言った通りに、ちゃんとやれたんだろ？」

ブラジャーの脱がせかたはあえて教えなかったが、それはぎこちないほうがウブだと思われて、女性受けがいいと判断してのことだ。

「途中まではちゃんとやれたはず。緊張しすぎて、震えてるの？　って笑われた」

「ああ。わりとさばけた女性らしいからな」

彼女は海外出張をバリバリこなしている才媛だそうだ。それなりに遊んではいるのだろう。

三隅は少し身を乗り出して、言ってみた。

「そんなタイプには、リードしてもらえって、レクチャーしただろ。だけど、肝心なときには、おまえがリードしろって。むしろ、少し強引なほうがいいかもしれない。どこまでいけたの？」

東宮はすぐには答えなかった。

しばらくはビールを飲み続けていたが、聞き出すまで三隅があきらめないと悟ったのか、しぶしぶといった様子で口を開いた。

「押し倒された後、彼女が上になって、脱がせてくれた。このまま雰囲気に流されたら、たぶんどうにかなるってわかってた。だけど、不意に吐き気がこみ上げてきて、トイレに駆けこまなければいけなくて」

「生理的にってこと？　おまえ、やっぱ女性はダメなの？」

「そういうんじゃなくって」

東宮は困惑したように、片手で頭を覆う。東宮のこんな姿を見ることは滅多にないだけに、憔悴《しょうすい》して伏せられた睫や、表情にそそられた。

「女性はいけるはずなんだ。……このまま彼女と寝たら、この先、出世の道も開けてるってわかってた。頭では割り切ってたつもりだったから、どうして身体が耐えられなくなったのかもわからない。……吐いてからも気持ちが悪いままで、このまま続けられそうになかったから、ごめんって彼女に謝って、帰ってきた」

「……身体が耐えられなかったって、どうして？」

問いただしながらも、三隅にはその理由が理解できるような気がしていた。

――もしかして、俺のせい？

まだ半信半疑だ。

昔から東宮はいい成績を取ることや、出世をすることに固執《こしつ》してきた。恋だの愛だのいうのはこの男にとってはどうでもいいことだったはずだ。

今でも懸命にそのレールの上を走り、官僚社会で頭抜《ずぬ》けた存在になることしか考えていない。ひたすら仕事に励むあまり、他人への共感や気配りに欠けている、というのが東宮という人間だった。

なのに、自分への恋心のためにずっと執着してきた出世を棒に振るほど、東宮は不器用な人間なのだろうか。

そう思うと確かめずにはいられなくなった。ずっと眺めていたのが東宮には不愉快らしく、プイと顔を背けられた。

「どうしてだか、俺にもわかんないよ」

「酔いすぎてたってだけ？」

「彼女には、そう言い訳したんだけど。……実際には、そんな飲んでなかったはず。緊張しすぎた、とは言えるかもしれない」

そんな東宮の心を剝き出しにしてみたくて、三隅は甘ったるく言葉を継いだ。

「俺がいるのに、おまえ、他の女と寝ようとしてたんだ？」

自分でも矛盾《むじゅん》しているのはわかっている。彼女とのデートがうまくいくように、細かく教えこんだのは三隅だ。

そんな身勝手さを、東宮は不機嫌そのものの声でとがめた。

「何言ってんだよ。あのホテルを選んでくれたのは、おまえのくせに」

その後で、東宮は拗ねたようにつけ足してくる。

「三隅は俺のこと、欠片も愛してないし。利用するだけだし。金引き出すためのATMとしか思ってないのは、よくわかってる」

「愛してるよ」

するりとそんな言葉が口から出たことに、三隅自身も驚いた。

だけど、その気分のまま、三隅は続けてみる。たまにはこういう恋のゲームに、自分を駆り立てるのも悪くはない。付き合ってきた女はいつも、三隅の愛情が信じられなくなると、こんなふうに拗ねるのだ。そのときのフォローのしかたも、三隅は心得ているつもりだった。

「その証拠に、おまえがシャンプーの匂いをさせて帰ってくると、こんなふうに腹を立ててる」

「それは、単に俺を操りにくくなるからだろ」

キツい声で、容赦なく言い返された。

東宮はリアリストだ。三隅の愛が自分にないことを、十分に承知しているらしい。それでも、三隅を好きな気持ちを捨てきれずにいる。

そんな瀬戸際であがく東宮が好きで、三隅は思わず笑った。

「それもある。だけど、俺に抱かれるための身体だという自覚ができたわけだろ」

「ふざけたこと言うなよ。おまえなんてとっとと捨てて、彼女と結婚したほうがずっといいに決まっている。将来も安定する。いずれは俺は、事務次官になる人間だ」

「金や出世だけが、幸福の指数じゃない。愛のない結婚をしたら、ギスギスとした家庭になるよ」

「だから、自分に惚れてろと？　おまえなんて今度家を出たら、いつ戻ってくるのかわからないくせに！」

言っているうちに腹を立てたのか、叩きつけるように言われた。

図星なだけに、三隅は言い返せなくなる。先日もここに帰ろうかどうか悩んだぐらいだし、五年前にはいきなり東宮の前から姿を消した。

自分はそんな人間だ。

借金取りに追われてどうしようもなくなったときに、東宮に押しつけた過去もある。東宮なら五百万ぐらいはどうにかしてくれそうだったし、いざとなれば親に泣きつくはずだとたかをくっていた。三隅が通った進学校の生徒は、そんな裕福な家の子息ばかりだった。

――まさか東宮本人が、肉体労働をして返したなんて思わなかった。

そこまでひどい状況だと知っていたならば、日に何度も入った着信を全て無視した上に、携帯を解約するなんてしなかったはずだ。

今でもそのときの東宮の気持ちを思うと、ちくちくと胸が痛む。他人をどう利用しようと良心の呵責《かしゃく》など覚えたことがなかったはずなのに、突然いなくなった自分を恨んで、どれだけ東宮が泣いただろうと思うと、不憫《ふびん》さと愛おしさが混じった感情がわき上がるから不思議だ。

ここに戻ってきたのは、もしかしたら贖罪《しょくざい》の気持ちが自分の中に少しでもあったからだろうか。自分でも把握しきれない心を、三隅は見定めようとする。

「すまなかった。今度こそ、いきなりいなくならないから」

だからこそその声は、心まで溶かすような甘さを孕《はら》んだ。だけど、三隅の言葉はそのときだけの真実でしかない。明日のことは三隅自身にもわからない。

三隅の言葉に将来がないことを見抜いたらしく、東宮が泣きそうに顔を歪めた。

「嘘つけ」

それでも、三隅が謝ってくれただけで嬉しかったのかもしれない。

じわりと、東宮の目が涙で潤んだ。泣き顔をもっと見たくて凝視すると、プイと背けられる。その後で、ぐちぐちと言われた。

「おまえは、俺が付き合ってきた常識人とは違う。適当なことばかり口にするから、信じられない。期待して、裏切られるのはまっぴらなんだ。おまえには誠実さがない。俺のこと好きだと言っておきながら、他の女にも同じことを言っている」

三隅はその言葉に苦笑した。

誠意がない。誠実さがない。そんな言葉は、飽きるほど浴びせかけられてきた。

「そのところは、あきらめてもらわないと」

正直に言うと、東宮はごし、と目元をぬぐった。

高校生のときから、東宮は感情を見せないことで有名だった。いつでも参考書ばかり読んでいて、まともに怒りもしないいし、泣きもしない。冷めきった目をしている。そんな東宮が自分の前では大きく感情を乱すのに気づいたころから、目が離せなくなった。

東宮は前髪をぐしゃぐしゃに掻き混ぜながら、低くうめいた。

「きっと今日のことで、彼女との関係もご破算《はさん》だ。上司から見放されて、この後の仕事がやりにくくなる。きっと上司は俺以外の後継者を娘婿に迎えて、そいつばかり贔屓《ひいき》するだろうし」

「だけど、上司に媚《こ》びへつらわなくても、きっとおまえには大きなチャンスが回ってくるはずだよ。それだけの能力はあるんだろ」

落ちこんだ東宮を、三隅は励ましてみる。

東宮は努力家だ。こつこつ長時間かけてことを進める手間も厭《いと》わないいし、根回しの大切さも知っている。官僚世界での複雑なプロセスに逆らうことなく順応していく器用さはあるはずだ。

東宮は三隅の言葉に励まされたらしく、大きくため息を漏らした。

「そうだな。すごく出世して、おまえを俺の足元に這いつくばらせてみたい。今だって陳

情のたびに、それなりのボスが、俺にぺこぺこしてくるんだ。誰かの派閥に属するんじゃなくって俺の派閥を作って、札束でおまえの横っ面を叩くぐらいになりたいけど」

「そのときのおまえが魅力的だったら、這いつくばってやってもいいぜ。だけど、権力と欲望に取り憑《つ》かれた妙なジジイになったら、見捨てて消える」

東宮はおそらく、出世することだろう。何かに足を引っ張られることがなければ、日本の官僚組織で能力を存分に発揮するタイプだ。

新しいビールの缶を冷蔵庫から取り出し、自分と東宮のグラスにつぎ足しながら三隅は言ってみた。

「官僚っていろんなものに縛られてて、傍目《はため》からはあんまいいものには思えないけどな。給料だって、そんな高くないんだろ。天下りした後での、特別ボーナスが大きいだけで」

「だけど、日本を支配してるのは、官僚だぜ」

「支配したいわけ？　今じゃあ政権に人事権を握られてて、何かと生きにくいって聞いてる。他に何が手に入るの？」

東宮と三隅では、価値観が嚙みあわない。

東宮が官僚社会で出世したいというのは、親の刷りこみとしか思えなかった。

「金と権力が手に入れば、十分に報われるはず」

「普通なら、それにプラスして女だけどな」

「そういうのは、面倒だから」

ことさら、ぶすっとした顔をされる。

東宮にとって恋愛は鬼門《きもん》らしい。

「――だけど、仕事は楽しいよ。国家予算の使いかたが、国の行く末を支配する。どこにどう金を使うべきか、どこに金を使ったら、国力を回復できるのか、そんなことを考えるのは」

まともなことを言い出す東宮に、三隅は少し驚いた。出世しか考えていないと思っていたからだ。

「日本の行く末まで、考えてるの？」

「そりゃあ、当然だろ。ふくれ上がった借金の利払いばかりに大金が注ぎこまれるのは、割に合わない。税の使い道さえ変えたら、救われる人間は大勢いるはずだ」

「何か取り組んでる？」

「まだまだ下っ端だから、上に意見など言えないよ。何もかも、ある程度の力をつけてからになるけど」

東宮は言いきると、三隅に矛先《ほこさき》を向けた。

「で、おまえはどうするの？　いつここを出ていってくれるのかな」

何かとチクチク嫌みを言ってくるので、三隅はだんだんと面倒になってきた。

「まぁ、アテはあるけど」

「どんな？」

「こないだ、飲みに出かけたら、働いてくれっていう人がいたし、うちに転がりこんでいいって女もいた」

「働くって、飲食？　服？」

「詳しいことは、聞いてない」

「おまえには、まともなサラリーマンは勤まらないだろ。……とは思うけど、服の販売ならいける気もするな。こないだ、俺の服選んでくれたし。センスもいいし、お似合いですよ、なんて心にもないご追従も、にこにこ平気で言えそう」

「だろ？」

「飲食のほうも、もしかしたら合うのかもしれないな。マメな仕事はできないけど、オーダーを聞いて、皿を席に運ぶぐらいなら。見目麗《みめうるわ》しければ、それでいいような仕事。簡単な調理も手伝えるだろうし」

「俺、わりと潰しが効《き》くよ」

その場しのぎのバイトや、手伝いならしてきた。

客が言って欲しい言葉はたいていわかるし、それを絶好のタイミングで口に乗せるのも得意だ。相手のご機嫌を取って心に入りこむのは、比較的簡単だった。

「だけど、長続きしないだろ」

吐き捨てるように結論づけられて、三隅はくすくす笑いながらうなずかずにはいられなかった。

「まぁね。すぐに飽きるし、店長が横暴だったら、その下で働くのは嫌になる。俺がオーナーならいいけど。——おまえ、何かとケチつけてくるんだけど、俺に出ていって欲しいのか、そうじゃないのか、ハッキリしたら？」

「出ていって欲しい気持ちは、ずっとあるよ。今度こそ、俺に迷惑をかけないうちに、いなくなって欲しい。まともに稼げるんだったら、そうしてもらったほうが社会にとっても喜ばしい。税収も増えるし。……だけど、またろくでもない仕事をして俺に迷惑をかけるぐらいなら、その前に縁を切って欲しい」

東宮は言葉を繕わない。

仕事上ならともかく、三隅に対しては一切の配慮が感じられなかった。そんな本音剝き出しの態度が、愉快でもある。

出世を目指す東宮が、何より恐れているのは不祥事だ。足を引っ張られるぐらいなら、三隅を完全に見捨てることもあるかもしれない。

——へえ？

東宮に愛されているというのは、思い上がりだったのだろうか。

三隅と出世欲とを秤《はかり》にかけたら、東宮はどちらを優先させるのだろう。その答えが知りたくなる。出世欲はあっても、いざというときに都合よくいかないのが人間の感情だ。出世のために、上司の娘と寝ようとして失敗した東宮のように。

三隅はくすりと笑った。

「おまえに迷惑はかけないよ」

「前もそんなことを言って、すごく迷惑かけたくせに。おまえ、いい加減まともに生きなよ。遊んで暮らすより、定職について安定した収入があったほうが、最終的に長生きできるはずだから。ストレスも結果的には少ないはず。いつまでも若いままではいられないんだし、年金だって積み立てる必要があるんだから」

――年金……。

そこまで将来を見通した堅実な生きかたなんてものは、三隅にはできそうもなかった。真人間になったほうが生きやすいし、他人のところに転がりこんでこんなふうに嫌みを言われるよりも、確かにストレスが少ないのかもしれない。

だけど、それは東宮の生きかただ。三隅には今の暮らしのほうが性に合っている。

だからこそ、東宮に言ってやった。

「おまえのほうがストレス高そうだけどな。忙しくなるとコンビニとか、カップラーメンばかりで、ろくなもの食べてないだろ。そんなおまえが長生きできる?」

指摘してやると、東宮はふうっとため息をついた。

「確かに」

「俺のこと見習えよ。気楽だぜ」

「気楽すぎるよ」

意見をぶつけあったことで、しばらく沈黙が続いた。

東宮の真面目な態度に接していると、三隅でも多少は生き方を見直そうかな、という気がしてくる。しばらくは遊んで暮らすつもりだったが、そろそろ次にやりたいことを見つけるべきだろうか。

――何をするかな。かつて事業興そうとして失敗したけど、また何かやる？　その後に始めた家計簿アプリは、わりとあたったけど。

しばらく遊んで暮らせる金が手に入ったはずだ。精算が済んだら口座に入るはずだったが、それがいつなのか、正確な額はどれだけなのか、三隅はまるで確認していなかった。

――それが元手《もとで》になるはず、だけど。

東宮のところから出ていく前に、五百万の借金を返していくべきだろう。

だが、金の話をすると、またぐちゃぐちゃとうるさいことを言われそうだから黙っておく。まずはいくら入っているのか、確認するところからだ。五百万に満たない可能性もあるのだから、下手に期待させてもよくない。

東宮といると、高校時代を懐かしく思い出した。まだ自分に何ができるのかがわからず、無限の可能性にあふれていたころの話だ。

人生は楽しむのが一番で、仕事や人間関係で余計なものを背負いこみたくなかった。軌道に乗っていた家計簿アプリを、事業ごとすっぱり譲ったのもそのためだ。

いつでも気楽でいたい。そんなふうに思っていたはずなのに、東宮と接しているとその考えが覆《くつがえ》る。東宮との関係を断ち切りたくない。そのためなら、東宮が言うまともな暮らしをしてもいいかも、と考え始めている自分に、三隅は少しニヤニヤした。

——寝るか。

そんなふうに思うのは、今だけの気の迷いだ。

だからこそ、逆に東宮に嫌われてやろうと、あえて嫌われる言葉を口に出すことにする。

「なあ。あと十万ばかし、都合してくれない？」

東宮の返事はすぐにはなかった。今まで借りた金は、積もり積もってそれなりの額になっているはずだ。

部屋の模様替えや、二人の食費などに使った部分も多かった。だけど、それ以外の額がどれだけになるのか、あまり覚えてはいない。

「前に十万渡した金は、どうなったんだ？」

「飲んだかな。明日は、競馬なんだ」

「賭け事か」

東宮が賭け事が嫌いだということは知っていた。遠い親戚で、賭け事で身を持ち崩した人がいたそうだ。

吐き捨てるように言ってから、東宮は頭を抱えた。

「やっぱ、おまえとは無理。俺、真人間としか付き合えない」

思いつめた顔でビールを飲んでいるから、東宮に嫌われるという目的は達したはずなのに何かとフォローしたくなる。

「おまえさ、一度も賭け事したことないの？　競馬もパチンコも、賭け麻雀も、宝くじもしたことがない？」

「宝くじぐらいはあるけど、それと競馬とは違うだろ」

「大して変わらないだろ。一度行ってみろよ。馬を見ているだけでも楽しいぜ」

「……だったら、一度行ってみようかな」

軽い気持ちで言ったのを東宮がしぶしぶながらも受け入れたので、そのことに逆に驚いた。どういうつもりだ、と思いながら、三隅は東宮の様子をうかがう。

「やるの？　そんなことをしているのが職場に知られたら、マズいんじゃないの？」

「自分から誘ったくせに、何言ってるんだよ。公営ギャンブルで、少しぐらいの息抜きなら大丈夫。それに気分転換でもしないと、やりきれない。金払ってやるから、その使い道を監視させろ」

――彼女とうまくいかなかったからか。

出世間違いなしの優良物件だった彼女との、初めてのお泊まりデートを失敗したばかりだ。少しはハメを外したいのかもしれない。

「だったら、もっといい気分転換があるぜ」

三隅は自分のいるソファに、東宮を誘ってみる。来るかどうかわからなかったが、おとなしく立ち上がって、三隅に身体を寄せてきた。そのまま、ぐったりもたれかかるようにしがみついてくる。

「よしよし」

慰めるように、東宮の頭を撫でてやった。

今日は彼女とのことでほとほと疲れきったのだろう。これで上司との関係も悪くなる。そんな悔しさと複雑な思いが、東宮の胸で渦巻《うずま》いているのに違いない。

寂しい猫のようにすり寄ってくる東宮が新鮮すぎて、三隅はその腰に腕を回した。

ここのソファは、いちゃつくのにちょうどいい。東宮が寝転がってテレビを観るために購入したものだろうが。

「女相手に、ちゃんと勃ったの？」

東宮の耳元に顔を寄せて尋ねると、どうでもよさそうに答えられた。

「一応」

「おまえなんて、ちょっといじれば一発だからな」

東宮の身体のことを、三隅はその本人よりもよく知っているかもしれない。

部屋着の裾から手を忍びこませて、腹筋のあたりから胸元までなぞっていく。その小さな粒が指に引っかかっただけで、身体が小さく震えた。

指先でその粒を尖らせていく間に、東宮の吐息が乱れていくのがわかる。

女を抱くよりも、抱かれるほうがしっくりくる身体だ。

「まだ失敗したって決めつけるのは、早すぎるんじゃないの？」

上司の娘と面識はないから、彼女がどんな考えでいるのかはわからない。それでも、たった一回の失敗だけで振るには、東宮は惜しい人材のはずだ。

「彼女とうまくいくようだったら、……おまえを追い出さないとな」

相変わらずなことを言ってくる東宮のシャツを脱がせてから、三隅はその上で自分の服を脱ぎ捨てた。東宮が着ているのは三隅がデートのために選んでやった服なのだが、自分が脱がすことになるとは思わなかった。

「いっそおまえはマグロで、女のほうに動いてもらうことにしたら？」

「だったら、……俺を……っ、完勃ちさせるツボを、……おまえから、……ッ、彼女に教えといてくれる？」

そんなつもりもないくせに、東宮がきわどい冗談を言ってくる。だからこそ、三隅も冗談で言い返してやった。

「いいよ。礼金次第で、彼女と寝てやってもいい」

「そうなったら、彼女はおまえのほうに惚れるよ」

「そうかな。仕事もない男に惚れるかな」

「彼女のほうが、……現実的？」

何を考えているのか、東宮がぎゅっと目を閉じた。

そんな表情になると、長い睫が強調される。女性とは違って、かなり直線が目立つ男性的な顔立ちなのだが、東宮がたまに見せる表情の艶《つや》っぽさに三隅は釘付けになる。

「礼金は、競馬に注ぎこむ」

囁くと、東宮は笑った。

「明日、一緒に行こうよ。おまえがすっからかんになるのを、見ててやる」

東宮は三隅がろくでなしであればあるほど、楽しいように見えた。

競馬はかなりひさしぶりなのだが、もしかしたら今まで渡した金を競馬や賭け事に注ぎこんでいると思われている可能性もあった。

だけど、違うとわざわざ説明するのは面倒だったし、そう思われても支障はない。東宮は三隅を軽蔑《けいべつ》することで、心の安定を保っているのかもしれない。だから、あえてそう思いこませてやる。

学生時代の、敵意剝き出しだった東宮のことを遠く思い出す。東宮よりも成績がいいとすごく悔しそうな顔をするのが楽しくて、いつになく勉強した夜もあった。

何より三隅を惹きつけるのは、東宮の目だ。視線が合うとすぐにプイと背けられるが、気がつくとまた三隅に向けられている、熱に浮かされたような、ひたむきな目。

――面倒くさいけど。

ただ楽しいだけの恋愛ゲームとは違って、男同士の場合は余計なプライドなどが介入する分、厄介だ。だからこそ五年前は深入りせずに逃げたのだったが、たまにすごく会いたくなって困った。

今回もこのまま消えるようなことがあったら、何かと東宮を思い出して、恋しくなるだろうか。

東宮の髪や肌の感触が、三隅の心をざわつかせる。

自分と同じ性が持つ質感と、肌の張りや筋肉。

同じ性だからこそ、これほどまでに征服欲がわき上がるのだろうか。

本当に、それだけだろうか。

〔四〕

「……ン」

東宮が目覚めたとき、雨音に似たシャワーの音が遠くから聞こえていた。

シャワーを浴びているのは、三隅の他にはいない。バスルームが空くまで待っていようと思っている間に、またうとうとしたようだ。

――何時……だろ。

寝たり起きたりを繰り返す。

リビングで三隅と絡みあっていたつもりだったが、どのタイミングでベッドルームに移動したのか、あまりよく覚えていない。

ただ寝るためのものだったベッドルームを、居心地がいいものに変えてくれたのは三隅だ。肌触りのいいシーツに、寝心地がいい枕。落ち着く色合いのカーテン。

買い間違えてぺらっぺらだったカーテンを遮光カーテンに変えてくれたおかげで、休みの日はぐっすり眠れるようになった。だが、昨夜は適当にしか閉めなかったから、その隙間から陽光が射しこんでいる。

その気持ちのよさにまた眠りに落ちたが、いい加減起きようと思ったのは部屋に誰かが入ってきたからだ。薄く目を開くと、三隅がベッドサイドに立っていた。

「……なに……」

「洗濯物、ある？」

「……ない……」

面倒だからそう答えたのに、三隅は室内を見回すと、脱ぎ捨ててあった衣服を勝手に回収して出ていった。

洗濯機が動き出した音が遠く聞こえてくる。そろそろ起きようと思っているのに、なかなか身体が動かない。もう少し寝ようかと思ったが、ふと気づいて瞼を押し開いた。

――あれ。……今日……。

三隅と競馬に行くと約束した覚えがある。ちゃんと起きていないと、勝手に一人で出かけてしまうのではないだろうか。

――起きなきゃ。ああいうのって、何時からだ……？

全くわからないままベッドから起き上がろうとしていると、三隅がまたやってきた。

「メシ作るから。シャワー浴びるなら、その間にな」

「わかった」

勝手に出かけずに、朝食を作ってくれることにホッとした。

東宮は半分寝ているような状態でベッドから下り、バスルームまで着替えを持って裸で移動する。その途中で、ダイニングキッチンがあるリビングに顔だけ出した。

「ご飯、作るのにどれくらい？」

「十分かな」

「わかった」

その間にシャワーを済ませなければならない。湯船には入らないから、さして時間はかからないだろう。

大あくびをしながら東宮はシャワーを浴び、どうにか目を覚ました。三隅とした翌朝はだるいし、筋肉痛も残るのだが、どこか爽快だ。

シャワーを終えて髪を乾かしてから、いつも出勤に使う鞄を引き寄せて、今日の荷物の準備をする。そのときに、何か違和感に気づいた。

――あれ……？

気のせいと言ってしまえばそれだけの、奇妙な感じだ。それでも気になって荷物をいろいろ確認していたとき、スマートフォンの着信音が響いた。

誰からかと思って確認すると、上司の娘からだ。

すでに何通か、メッセージが入っていた。

昨日、彼女に押し倒されてそのままセックス、というところで、東宮は吐き気を覚えてバスルームに緊急避難した。これで関係は終わりかも、と絶望的な気分でいたが、彼女からの文面は綺麗に取り繕われている。

『昨日はありがとうございました。その後、体調はいかがですか。柊夜さんさえよろしければ、また会っていただければ幸いです』

――え？

東宮が帰宅した後、彼女はそのままホテルに泊まったようだ。ルームサービスらしき豪華な朝食を前に、にこやかな笑顔を浮かべた彼女の自撮り写真が添付されていた。

――昨日で、終わりじゃないんだ。

どうやらまだ救いはあるらしい。

彼女との関係が壊れたら、しばらく三隅との関係に逃避してもいいかな、と思っていた。三隅といると金はかかるが、ペットでも飼ったと思えばどうにかなる。風俗やキャバクラなどに比べても、端金《はしたがね》だ。

――俺の箪笥預金は、あとどれくらいかな……。それが尽きるまでは、三隅を飼っていてもいいかなって。

金がなくなれば、三隅も自分の下から自然と去っていくだろう。

三隅といても将来はない。

彼女からこんなふうにメッセージが来るのだったら、そちらの可能性を模索《もさく》する必要があった。

「東宮！　そろそろ、こっち来いよ」

言われて、東宮は慌てて彼女にメッセージを返した。リビングに向かうと、すっかり朝食の準備が整っている。今朝は時間があったのか、彩《いろど》りのいいサラダや、肉感のあるウインナーまでついた豪勢なものだ。

「これ食ったら、競馬行くけど。おまえ、本気で行く？　行くんだったら、十時までに到着したいんだけど」

「行く」

そう言って、東宮は時計を眺めた。食事を終えて向かえば、ちょうどいいぐらいだ。

昨日は悲観的になって、いろいろと惑ってしまったが、彼女とやり直せる可能性があるのだったら、やはり三隅を切り捨てるしかない。

——だったら、これを最後にする。最後のデートは、初めての競馬。

三隅らしい。

そう覚悟を決めて、東宮は三隅と連れだって家を出た。

場所も駅も知ってはいたものの、競馬場には一度も足を踏み入れたことがない。途中で競馬新聞を買い、馬券の買いかたや予想のしかたを教えてもらって、会場に着いたら馬券を買った。

レースが始まる。

少額でも当たれば興奮するし、見ているだけでも楽しかった。病みつきになったらマズいと思うほど、あっという間に何レースも終わった。小腹が空いたので、途中で競馬場にある店のうどんを三隅と食べる。

外でのデートはしてなかったから、三隅と行動するだけでも嬉しかった。

――全部、最後だって思っているせいもあるかな。

隣にいる三隅の細かな言動や表情など、全てを記憶しようとしてしまう。最後のデートがこれでいいのだろうか。もっと他にやり残したことはないだろうか。そんなことを考えている間に時間は過ぎ、まだどこか物足りないような気分で三隅に言われて競馬場を出た。三隅がお目当てにしていたレースが終わったらしい。

「ええと、……この後、どうする？　飲みにでも行く？」

三隅に尋ねられて、東宮は驚いた。

「え？　でもまだ、二時過ぎだろ」

「昼間っから飲める店があるよ。昼酒は格別おいしい。初レースで当たったお祝いに、少し飲んでいかない？」

東宮は途中で一回だけ、大きな当たりを手にしていた。換金したら、十万円ぐらいになった。

三隅が普段飲むような店も知りたかったので、東宮はしぶしぶといった顔でうなずいてみせた。

「いいよ。俺にたかるつもりだろうけど」

「いいだろ、当たったんだから」

三隅はことごとく外していた。ビギナーズラックだと、東宮は言われていた。それでも、三隅に勝ったのだと思うと楽しい。

だが、路地を歩いている最中で、横を歩いていた三隅にひそめた声で尋ねられた。

「おまえ、……尾行《びこう》されるような心あたりある？」

「は？」

何を言われているのかわからず、思わず周囲を見回そうとした。だが、その前に、三隅に腕を軽く引っ張られた。

「いいから、前を向いとけ。競馬してるときから、俺たちのことを何かと見てた男がいたんだけど、気がついてた？　まぁ、おまえは競馬場では浮いてたから、そのせいで見られてるだけかな、って思ってたんだけど。こんな路地にまでついてこられたら、気になるよな」

見張られていたなんて、東宮は全く気づいていなかった。得体の知れない気持ち悪さを覚えたが、もしかしてそれは自分ではなくて、女がらみで三隅が見張られていたのではないだろうか。

——俺も三隅の素行調査を依頼してたけど、それは海外での調査であって、日本国内ではないよな……。

　やはり、三隅の恋愛がらみのストーカーではないかと思って言ってみる。

「何かしたのは、おまえのほうだろ？」

「覚えがない」

　三隅は別の路地に入るときに、東宮の先に立ちながら囁いた。

「まくから、俺についてきて」

　競馬場のある駅に近い繁華街の路地は、とても複雑に入り組んでいた。それを利用して、三隅は尾行者を振り切る作戦らしい。急に早足になった三隅に、ついていくのがやっとだった。

　三隅が言っていた通り、すでに路地には早い時間から開いている店が何軒もあった。立ち飲み屋が繁盛《はんじょう》しているのも、ドア代わりのビニール越しに見える。路地を何度か曲がった後で、三隅は東宮を連れてまだ開店準備中の一軒の店のドアの中に踏みこんだ。

「悪いね。追われてて」

　三隅は中にいた若い男性の店員にそう告げて、慣れた態度で札を渡す。店員はそれを受け取ると、承知、という顔をして、二人から遠ざかっていく。

　息を切らしながら、東宮は店内を見回した。狭い店だ。壁にはボトルキープされた焼酎《しょうちゅう》がずらりと並んでいる。

三隅は尾行してきた相手が通り過ぎたタイミングを見計らってドアを薄く開いてから、東宮を連れて店から出た。

「こっち。——あいつだ」

しばらくして三隅が背後から指し示したのは、中年のラフな黒ジャンパーの男だった。目標を見失ったのか、やたらとキョロキョロしてはいるが、背後にいる二人には気づいていないらしい。

「あいつ？」

「知ってる？」

三隅に尋ねられて、東宮は首を振った。

「いや、まるっきり」

「じゃあ、あいつの素性を暴くために、逆に尾行するか」

男は完全に二人を見失ったと思ったらしく、しばらくしてから駅に向かった。自分が尾行されているとは思っていないのか、背後への警戒心が感じられない。

その男を二人は追った。だけど何かと不慣れな東宮が足を引っ張ったのか、混雑する駅構内で三隅に宣告された。

「あいつ尾行していくから、おまえは家に戻ってて」

「え。でも——」

東宮にとっては、これが三隅との最後のデートのつもりだった。

このまま帰ってしまうのは惜しい。そんな態度がどこかに出ていたのか、三隅は離れながら言い残す。

「だったら、俺だけ追うから、後で合流しよう」

「わかった」

ターゲットを見失わないためか、三隅は早足で雑踏《ざっとう》の中に消えた。

駅構内に残っていた東宮はどうしていいのかわからず、ホームのベンチに座ってぼんやりと三隅から連絡が来るのを待つしかなかった。

しばらくしてから、三隅からメッセージが入る。

『探偵事務所に入っていった。おまえ、これからどうしたい？　合流先、指示して』

待っている間、東宮は三隅との最後のデートの行き先について考えた。だからこそ、その目的地の駅の改札で合流しようと返信する。

その駅に着いたのは、三隅のほうが先だったようだ。改札口付近で待っていた三隅に近づくなり、東宮は尋ねる。

「探偵事務所だって？」

「そう。心あたりある？」

三隅はスマートフォンで撮影した探偵事務所の看板と、その外見の写真を見せてくれた。

聞いたことのない探偵事務所だ。もちろん、東宮が三隅のことについて調査を頼んだリサーチ会社でもない。

「探偵の目的が俺だとしたら、素行調査ぐらいしか心あたりはない。ただ上司の娘だから、俺の素行はもとより筒抜けだし」

東宮はエリート官僚候補として就職したから、採用前に身上《しんじょう》や素行の調査をされている。今さら、上司に素行調査をされるとは思えない。

だけど、呑気に三隅が言ってきた。

「ヒモ飼ってるのが知られたら、結婚話はなくなるかもな」

こんなときの三隅は、少し意地悪だ。本気でそれを望んでいるようにも聞こえたので、東宮は少し怖くなった。その気になれば、三隅ならこの縁談を壊すことは可能かもしれない。

——だけど、そんなことをして、三隅に何の得が？

いっそ、それくらいの嫉妬を見せてくれたら、東宮も上司の娘と付き合おうなんて気持ちはなくなるかもしれない。三隅があまりにも自由すぎて将来も一緒にいられるなんて確信が持てないから、東宮は自分の居場所を別に固めるしかないのだ。

もしかして上司の娘と東宮が付き合っているのを知った、同僚の誰かの仕業《しわざ》だろうか。

——俺と彼女との話をぶち壊して、代わりに自分が？

そう思うと、三隅と一緒にいるのは危険なこととしか思えない。

「だったら、やっぱり当初の予定通り、とっととおまえを追い出しておかないとな。おまえが俺と一緒にいるのは、金が欲しいからだろ。明日、まとまった金を渡すよ。それを手切れ金にしてくれ」

金の切れ目が、縁の切れ目。

簞笥預金の残りは、あと百万ほどだ。それを綺麗に渡して、もう残金がないと伝えたら三隅は出ていってくれるだろう。

三隅はポカンとした顔で、尋ねてきた。

「おまえ、何言ってんの」

「何度も口を酸っぱくして繰り返した言葉を、また聞きたいのか。出てけ、だよ」

「またそれかよ」

「何度でも言ってやるよ。俺の人生を邪魔するのは、いい加減やめてくれ。これからも俺は、真人間として生きるんだ。出世の邪魔をする要素は、切り捨てる。おまえも切り捨てる対象でしかない」

硬い声で繰り返すと、三隅はさすがにうんざりとしたらしく、小さくつぶやかれた。

「そうかよ。そんなにも出ていって欲しいんだったら、そろそろ消えるよ」

「そうしてくれ」

東宮はうなずいた。

だけど、三隅と最後に行っておきたい場所がある。だからこそ、この駅までやってきた。

「ここ、懐かしいだろ。中学高校と通った学校に近い、繁華街のあるとこ」

学校があるそのものの駅の飲食店に立ち寄ると、教師に見つかる恐れがある。だからこそ、生徒たちは数駅離れたこの大繁華街に立ち寄ることが多かった。とはいっても進学校だったから、禁止されていた飲食店に寄るだけでも校則違反の大冒険だ。

優等生だった東宮は当時、通っていた塾の分校があって、毎日のようにここに通っていた。塾に行くためのつなぎの食事も、だいたいその付近で取っていた。

——ここで三隅が女とデートしてるって、噂があったんだ。

進学校なうえに男子校だったから、高校生でも女子と付き合ったことのある生徒はほとんどいなかった。彼女がいるというだけで、スターのような扱いを受けた。

三隅が他の友達相手に話していた言葉を、東宮は小耳に挟んだことがある。

『映画だよ。あいつが、観に行きたいって言うもんだから』

彼女のことを『あいつ』と呼び、なおかつその映画というのがこの週末に封切りされる有名作だということが、聞こえてきた言葉の端々から読み取れた。都内に映画館はたくさんあるが、三隅が行きつけにしている映画館はこの繁華街にあった。

学生優遇割引があって、館内も広くてカップルシートもあるところ。

明日の土曜日、お昼ぐらいに待ち合わせ。映画のタイトル。そんなところから三隅がやってくる時刻に目星をつけた。東宮はその映画館の出入り口が見通せるファーストフードで、その日の塾の予習をした。

何をするというわけでもない。単に三隅の彼女を見ておきたかっただけだ。

その予想通りに三隅が女連れで映画館の出入り口に現れたとき、東宮は息が詰まるような感覚を味わった。すぐに荷物をまとめて、同じ映画館に向かってしまったのは、自分でもよくわからない衝動からだ。

思春期特有の、熱病のような恋の病にかかっていた。三隅が彼女と観た映画を後ろのほうの席で見て、その後は塾もサボって、三隅とその彼女のデートを見守った。

彼女はほっそりとしていて綺麗で、その腕や肩を三隅が親しげに抱き寄せるたびに、胸が痛くなった。だけど、見ずにはいられなかった。

三隅の彼女になりたかった。そのためなら、何を犠牲にしてもいいとさえ思えた。

——そのとき俺が、死ぬほどうらやましかったデートコース。

別れる前に、東宮がかなえておきたかったのはそのデートをなぞることだ。あの日の彼女にすり替わって、三隅とあの映画館で映画を観て、食事をする。それさえできれば、未練は消える。

「映画を観たい」

あの日の映画館は、まだ営業しているだろうか。閉鎖したという話は聞いていない。

「何を観るの？」

「ン」

三隅に尋ねられても適当に受け流したのは、その映画館で今、何が上映されているのか知らなかったからだ。

駅から映画館は遠くはなかったが、ひさしぶりに見た映画館は記憶にあったものよりも薄汚れていた。高校生だった当時は最先端のところだったが、最近よくあるシネマコンプレックスというほどの規模ではなく、スクリーンも三つだけだ。かかっているタイトルも、マニア受けするものに変わっていた。

時間の変化に驚きながらも、東宮は演目より上演時間を優先して映画を選び、窓口でチケットを買って三隅に手渡した。

「これ、観たかったの？」

三隅が首を傾げる。映画など、長いこと東宮は観ていなかった。映画の話など三隅としたことはなかったから、不思議に思われるのは当然かもしれない。

「すごく観たかったんだ」

白々しく答えた後で、すでに予告編が始まっていたから、急いで席に向かうことにした。

三隅は懐かしそうに、館内のあちらこちらに目を向けていた。

「ここさ、カップルシート……」

「今はないって」

東宮は鋭く遮《さえぎ》った。

あったらそれにするかどうしようか迷ったところだが、余計な心配だった。確かにこのうらぶれた雰囲気では、デートに使うカップルはほとんどいないだろう。

だけど、偶然に観ることになったヨーロッパ映画は情緒的な良作で、観てよかったとは思えた。映画が終わって外に出ると、すでに日は暮れている。

「メシ食う？　飲みに行く？」

三隅に尋ねられたが、すでにどこに行くのかは東宮の中で決まっていた。

「食事に。駅近の、……洋食屋に行きたい」

何か思いつめた東宮の様子を察してか、三隅はうなずいただけだった。

東口にある幾重にも分岐した歩道橋は昔のままだ。だが、記憶をたどって店を探していたために、どうしても東宮は無口になる。

どうにか迷わずに、店にたどり着けた。

「ここに、入る」

東宮は宣言した。

あの日、三隅と彼女が入っていった店だ。尾行していたものの、映画館と違って明るい店内に続いて踏みこむわけにはいかず、そこまで見送ったところで店から離れた。三隅と彼女は何を食べるのだろう。どんな話をするのだろう。そんなことを考えていると涙が止まらなくなって、足をずっと止めることができなくなったあの日のことを思い出す。

あのころはウブで、自分の恋愛感情に振り回されてばかりだった。

「え、ここ?」

三隅が不思議そうな顔をする。

繁華街だから、食事をする店は山のようにある。その中で、自分がかつて通っていた店を選ばれた意味が理解できないのだろう。首をひねりながらも、懐かしいらしく、どこか浮かれた足取りで三隅は店内に入っていく。

そんな三隅に、東宮は言い訳のように言っていた。

「うちの学校じゃ、ここ有名だったよな。俺も何度か、来たことがあって」

「そうか? 俺はここで、誰にも会ったことはなかったけど」

二人に気づいて、ウエイトレスが空いた席を案内してくれた。

窓際の席に座ってから、東宮はメニューをしみじみと眺めた。ここは、コーンスープとクリームコロッケが名物らしい。

安くてボリュームがあって、高校生が好きそうな料理が並んでいる。その中で東宮が選んだのは、クリームコロッケとハンバーグのプレートだった。

三隅が頼んだのは、ミートソーススパゲッティだ。その選択肢もあったのかと、東宮はハッとした。あの日、三隅が頼んだのは何なのか知りたかったが、おそらく三隅にとっては、何度も重ねたデートの一回に過ぎないはずだ。いちいち覚えているはずがない。

料理を待ちながら、東宮は水を飲み、店の外を眺める。

目の前にいるのは、あのときから十年経《た》った三隅だ。当時からハンサムだったが、今はそれに磨きがかかっている。見つめられるだけでぞくっと背筋が震え、目の前の三隅を意識せずにはいられない。それも今日で最後だ。

――あのころは、三隅がこんなヤツだとはわかってなかった。いつか、三隅はすごい天才として、世界に認められるんだと信じてた。

何かしゃべろうとして、黙りこむのを何度か繰り返す。

ほどなく、注文した料理が運ばれてきた。

東宮はそれを食べることに集中した。

食欲はなかったが、本格的な味の、おいしい料理だ。店でちゃんとハンバーグも、クリームコロッケも作っているらしい。夢中で頬張っていたことに気づいて、東宮は苦笑した。

「おいしいな。上司に連れられて、それなりの料亭とか出入りしたつもりだったが、こういうのが、俺は一番好きかもしれない」

どこにでもありそうなのに、不思議と心に残る味付けだ。これから、ハンバーグやクリームコロッケを食べるたびに、三隅とこの店のことを思い出しそうだ。

三隅は軽く肩をすくめた。

「おまえはお子様舌だからな。忙しいときにはカップラーメンとコンビニでしのいでるから、味覚も育たない」

「そうかもな」

三隅の前に出てきたのは、大きめの挽肉が入ったおいしそうなパスタだった。その味が気になっていると、皿を押し出される。

「食べていいよ」

「だったら俺も。このコロッケ、一個あげる」

学生っぽくおかずを交換した後で、東宮はパスタを頬張った。こちらもかなり美味だ。スタンダードな中にも、プロの腕が光っている。

「おいしいな、ここ。しかも、そんな高くなかったよな」

飲み物を含めても、千円ぐらいの値段設定だ。高校生のときに知っていたら、さぞかし重宝していただろう。だけど、三隅がデートに使った店だから、ひどく気になりつつも、今まで近づくことはできなかった。

食べ終えるとお腹はいっぱいになったが、目についたクリームソーダも頼んでみる。

デートのときにきっと二人で飲んでいるんだろうな、と想像した品だ。未練も抱かないために、徹底的にやるしかない。

ひさしぶりの炭酸飲料の甘さに目をぱちぱちさせてから、東宮は上に乗っていたさくらんぼを口に入れる。

高校生のときから夢見ていたデートを今、その本人と果たすことができている。これでいいのか、よくわからなかった。三隅と別れると決めているからか、ずっと胸が締めつけられて苦しい。

「おまえ、結婚とか考えないの？」

気づけば、そんなことを口にしていた。

悪い男に恋をした。

恋心を利用して、借金を押しつけるような男に。

ろくでなしだとわかっていても、会ってしまえば未練が募る。だけど、もうこれで終わりにする。未練など完全に捨てる。

「考えたことないな」

軽い調子で言われた。三隅はそんなヤツだよな、と納得して、連れだって店を出る。

帰宅するまでの間、東宮はほとんどしゃべらなかった。そんなふうに東宮が思いつめているのを何となく感じ取っていたのか、三隅もあまり話しかけてこない。

最寄りの駅から自宅のマンションまでの間に、東宮はようやく切り出した。

「俺、さ。……高校生のときから、おまえのことが好きだった」

別れると決めたからこそ、もう何を言ってもいいことにした。

あのころのひりつくような熱は、もう今の自分にはないはずだ。高校生のときに恋い焦がれたデートコースをなぞってみても、もはや心は動かない。そのはずだ。

それでも、三隅を見ると心が乱れそうになる。だからこそ、三隅のほうは見ずに歩きながら続けた。

「わかってたかもしれないけど、今日のは高校時代のおまえのデートコース。映画館でおまえと彼女を見かけたことがあってさ。我慢できずに、あとをつけたことがあったんだ。今思い出すと、すごく気持ち悪い」

口に出して、笑い飛ばそうとしてみる。だけど、三隅は笑わなかったから、東宮の笑い声は宙に浮いた。どんな顔をしていいのかわからなくなる。

だけど、視界の向こうに見えたタワーマンションを見上げながら、三隅が口を開いてくれた。

「最初から言ってくれたら、おまえに合わせたデートコース選んでやったのに」

どこかからかうような、明るい口調だった。それに救われた気がして、東宮も軽い調子で聞き返す。

「どんなコース？」

三隅が自分のために、どんなデートをしてくれるのか聞いておきたかった。

「うらぶれた喫茶店。お出かけ先は、博物館の企画展。もしくは、歴史物かなんかの」

「何で俺とだと、うらぶれた喫茶店になるんだよ」

突っこまずにはいられない。

三隅にとって、自分はそんなイメージなのだろうか。

「おまえなら、賑《にぎ》やかなのよりも静かな店だろ。他人の声で、会話が邪魔されるのが嫌いだから。店には雑誌じゃなくて、古い文庫本が並んでてさ。おまえが、懐かしい、とかって言いながら、表紙もなくなった古い文庫本を手に取って、読み始めるの」

「俺って、そんなイメージか？」

「そんな。おまえんちにあるのは自己啓発本とか、政治家の自伝ばっかだったけど、本当は小説も好き」

よく知ってるな、と東宮は心の中で思う。確かにその通りだ。時間がなくて実用書ばかり速読するようになったが、本当はレトロな喫茶店で時間を気にせずにのんびり本を読みたい。

「あと、コーヒーゼリーも好き。純喫茶にあるような、アイスクリームにウエハースが添えられてるのも好きだろ」

「まぁ、嫌いじゃないな」

三隅の前で喫茶店のメニューにあるような甘いものを食べたことはなかったはずだから、ある程度適当に言っているのだろうが、外してはいなかった。

そんな話をしているだけで、胸が痛くなる。

三隅は東宮のことを、どれだけ知っているのだろうか。

――俺のほうが知ってる。おまえの好物。中学高校と、ずっと集めてきた三隅の情報があるからな。

東宮と三隅の『好き』は、きっと均等にならない。

別れを決意しても、こんなにも三隅のことが好きでたまらない。いくら自分を偽《いつわ》ろうとしても、本心が何かと顔を出す。

だが、別れのときは着々と近づいていた。タワーマンションに到着し、エレベーターで上がっていく。

玄関のドアの前で、東宮は足を止めた。

「もう中には入らないでくれ。ぐたぐた言うようなら、警察を呼ぶ。おとなしく去ってくれるなら、百万ぐらいだけど手切れ金を渡す。どっちがいい？」

「どっちも嫌だ。出ていきたくない」

「お断り」

「やり直したいって言っても？　これから仕事もするし、家事もする。おまえの足は引っ張らない」

何でこんなふうにごねられるのか、不思議だった。手切れ金を渡してしまえば、自分にはもう自由にできる金はない。それでも、その気になったらもっと金を引き出せると思っているのだろうか。それとも、雨露《あめつゆ》がしのげて食事ができれば、それで当面はいいのか。

これ以上三隅に感情を揺さぶられたくなくて、東宮は正直に言っていた。

「それでも、……もう俺はおまえを信じられないんだ」

「信じられるようにするから」

すがりつくような三隅の言葉が、心にジンと染みこんだ。信じたくなる。三隅が正業についてくれて、同じ家にいてくれたら、どれだけ素晴らしいだろう。だけど、改心の証拠でも突きつけてくれないと、どうしても信用ならない。今でもそんな言葉は、口先だけのものと笑い飛ばしたい気持ちが存在しているのだ。

ため息を一つついて、東宮は三隅から視線をそらした。

「無理。五年前に裏切られたときから、二度とおまえのことは信じられない。頼むから、縁を切らせてくれ。おまえなら迎え入れてくれる『寂しい人』が、他にもたくさんいるだろ。今日は手切れ金でホテルに泊まればいいし、アパートの頭金に使ってもいい。だけどおまえのことだから、すぐにぱーっと使っちゃって、無一文になったときに次の女を見つけて転がりこむんだろ」

東宮の顔が、泣きそうに歪んだ。

自分とは全く異質な生きかただ。二人の人生は交錯《こうさく》しない。

三隅はまだ何か言おうとしたが、東宮はスマートフォンを取り出しながら、それを遮った。

「――で、手切れ金か、警察か、どっちがいい？」

ごねるつもりなら、本気で警察に来てもらうつもりだった。このマンションに空き巣が入ったときに、この管轄の警察と面識はできている。

何かをあきらめたように、三隅は言った。

「手切れ金」

その言葉に東宮は笑ってうなずき、一人だけ玄関の中に入った。続いて三隅が入ってこないように施錠してから、リビングに向かう。

やけに足元がふわふわして、現実感がなかった。三隅と別れるなんて本気なのかと、自分に問いかける。

だけど、いきなり騙されて、音信不通にならされるよりも、自分から切り出して別れたほうがショックは少ないはずだ。

きっと当面は、心臓からだらだら血が流れるような感じがつきまとうだろう。

何をどうすればいいのかわからなくなりそうだったが、どうにか意識をやるべきことに集中させる。まずは箪笥に残っていた金を全部取り出して、封筒に詰めた。それから、三隅の荷物をバック一つに詰めこんでいく。三隅の荷物はそう多くはなかった。

玄関まで引き返してから、ドアをバックが通る幅だけ開いて、封筒と荷物を突き出した。

無言でドアを閉じようとすると、三隅がその隙間に足を挟みこんだ。それから、言われた。

「世話になった」

「ああ」

最後に網膜《もうまく》に灼きつけるために、東宮は三隅を見る。その顔をしっかり覚えておきたかった。

だけど、次に何か言われるよりも先に、挟みこんだ足を蹴り飛ばしてドアを閉じる。

乱暴に閉じた音が大きく響いて、東宮は息を詰めた。

鍵を急いで閉めてから、ドア越しに三隅の気配をうかがった。

——これで、……終わりだ。

ドアは鉄のドアで分厚いから、それに隔《へだ》てられてしまうと何もわからない。すぐに三隅は立ち去るかもしれないが、まだそこにいる気もして東宮は動けなくなった。

そのとき、ポケットに入れていたスマートフォンが小さく鳴った。焦ったのは、それが三隅からかもしれないと思ったからだ。

だけど、それは広告メールだった。ホッとしたついでに東宮は気づいて、三隅の連絡先やSNSの登録など片っ端から消していった。

別れの儀式だ。

こんなことをしても、三隅からの受信を阻《はば》みきれないことがある。それでも、自分からは連絡できないようにしておきたかった。そうすれば、未練がわいたとしても断ち切れる。

——だけど俺、あいつの番号、覚えてる。

消す作業をしたことで、逆にそんなことを思い知らされた。

東宮は寝室に直行し、服だけ脱いでもぞもぞと布団の中に入りこんだ。

何をする気力もわかない。

眠れない。

ただ、空っぽだった。

〔五〕

完全に三隅のことを忘れたくて、東宮は職務に励む。今まで以上に仕事に集中していたつもりだったが、失恋のショックもあっていつもは職場で張り巡らせているはずのアンテナが役に立たなかったようだ。

何となく課内がざわついているような気はしていたが、それに注意を向ける余裕もなかった。

そんなある日の退勤後に、三隅の下に同期からSNSでメッセージが入った。

『記事見た？　写真週刊誌の』

——何のことだ？

どういう意味かわからない。地下鉄だったがすぐさま返信して聞き出す。どうやら明日発売の写真週刊誌の発売に先んじて、ウェブ版に財務省関連の記事が掲載されているらしい。

そのウェブ記事は有料会員にならないと見られないようだったので、東宮はその場で入会し、記事を探した。

出てきた画面を見た途端、ギョッとした。

『財務省係長の汚職疑惑！』

そんな大きな文字が、デカデカと表示されていた。おそらくこれが、同期が言っていた記事に違いない。

――どこの部署だ？　係長って、どこの誰？

東宮は画面に集中する。

財務省係長といえば、東宮がちょうどその地位にあった。入省して四、五年目になって、十年目ぐらいに本省課長補佐になるまでの役職だ。

記事には部署名や個人名までは書かれていなかったが、読み進むにつれて、東宮の顔から血の気が引いていった。

東宮が所属する主税局は財務省の中でも選ばれたメンバーが配属されるエリート部署であり、予算編成を担当している。つまり、多く予算が配分されるかそうではないかが、ここで決まる。

国からの予算の配分を受ける地方公共団体が、その予算の上積みを求めてその担当者に贈賄したとされているのだったが、まさにそれは自分の部署だ。

――それに、この地方公共団体って、……こないだ、俺が面会した……？

その贈賄された係長の評判も記事になっていたのだったが、その中のある文章に東宮の目は釘付けになった。

『すごい時計してましたよ。官僚の薄給では、なかなか手に入れられそうもないやつ。どうしたのかその本人に聞こうかと思いましたけど、関わりあいになるのが嫌だったので、聞きませんでした。だからたぶん、金回りはよかったはずです』

――時計？

もしかして、と思い当たることがあった。おそるおそる、東宮は手首に触れてみる。

彼女から渡されて、東宮が今もつけている時計がそこにあった。三隅がこの時計について、気になる反応をしていたはずだ。何となく多忙だったので、メーカーなどは調べずにきたが、もしかしてこの時計は高価な品だったのだろうか。

――官僚の薄給では、まず手に入れられそうもないやつ……？

気になりすぎて手首から外し、メーカーのロゴを見つけて検索してみた。あまり見たことのないメーカーだと思っていたのだったが、時計マニアにとっては垂涎《すいぜん》の高級腕時計であって、価格は二、三百万だ。

――二、三百万……？　これが……！

東宮は時計を凝視した。さすがに数千万とか億とかする時計だったら見るからに違うとわかるのだが、特にものすごく高級な品だとは思えない。

だが、思い出してみれば、たまに会う人から妙な反応があったような気がする。あくまでも、今にして思えば、だが。

若手官僚の金銭感覚からすると、数十万の時計はつけても数百万の時計をつけているのは不自然だ。金回りがいいと思われても、当然かもしれない。

——しかし、これは彼女からのプレゼントであって、何ら後ろ暗いものではない。彼女からということは、つまりは黒瀬課長からの品ということで……。

ぐるぐると考えているうちに、自宅のある最寄りの駅に着いた。慌てて降りる。

何も後ろ暗いことはないはずなのに、やけに息苦しさを覚えていた。帰宅したら黒瀬課長に電話をして、今回の記事のことと、この時計の件について話がしたい。この係長というのが自分のことを指しているような気がしてしかたがないが、その疑念を晴らしておきたいのと、高価すぎる時計を娘を介して自分に渡した意図を知りたかった。

自然と早足になる。

明日になれば、きっと局内は大騒ぎだろう。あの記事は東宮のことではないはずなのだが、あの記事を見た局内の人間が東宮のことだと思いこみそうでぞっとする。早々に、誤解を解いておきたい。

局内の人間だけではなく、大学の友人なども自分のことだと思うかもしれない。

——俺じゃない。俺じゃない誰か。だけど、それは誰だ?

本省係長で、他に該当する人間がいただろうか。

奇妙な記事が出たことで被害妄想が生まれ、周囲の人間がやたらと自分を見たり、噂をしているような気がして、自然と足が速くなった。

自宅があるタワーマンションのエントランスを通りがかったときに、そこでたむろってい
た数人の男たちに不意に呼び止められた。
「東宮さん？　ですよね、財務省の」
「え」
ラフな私服姿の中年の男たちだ。プロのカメラマンが使うような機材やテレビカメラも見
える。
東宮は立ち止まって、彼らを見た。見覚えのない人たちであり、何の用なのかわからずに
いた。だが、その口から出た言葉に硬直した。
「財務省の汚職についてお尋ねしたいのですが――」
「すみません、急いでますので」
先ほどの週刊誌の件だ、とわかった途端、東宮は立ち去ろうとした。だが、男たちは東宮
に追いすがり、その前に回りこもうとする。これではエレベーターにも一人で乗れなかった
から、東宮は踵《きびす》を返してエントランスから外に走り出した。だんだんと速度が増し、呼吸が
苦しくてたまらないのに自分では足を止められなくなる。
パニックに陥《おちい》っていたせいだろうが、そのおかげで男たちを振り切ることができたようだ。
薄暗い路地でようやく、東宮は立ち止まってゼイゼイと息を整えた。
――ここ、どこ……？

見覚えのないところに迷いこんでいた。

どうにか大通りに出ようと思いながら、東宮はスマートフォンを取り出した。すでに着信がいくつも入っている。それを煩《わずら》わしく思いながら、まずは黒瀬課長にかけてみる。この事態の不可解さについて話したかったのだが、呼び出し音が鳴るばかりだ。

だからこそあきらめて、こういうことに詳しそうな元同僚にかける。

三隅のニューヨークでの素行調査を頼んだ、リサーチ会社の相手だ。思い出してみれば、それを依頼したときに、財務省を東京地検が内偵しているとか言っていた。彼なら何か知っているのではないだろうか。

呼び出し音が一回鳴り終わらないうちに、彼が出た。

『東宮か』

「俺だ。写真週刊誌に、財務省係長の汚職が大きく取り上げられてるんだけど、それについて詳しく知らないか？　俺には心あたりは全くないんだけど、その犯人として疑われてるみたいでゾッとする。さっき、記者らしき男につきまとわれた。それがどういうことなのか、知りたい」

『っていうのを、こちらからまさにおまえに尋ねようとしてたところ。どういうことなのか、こっちが知りたい。残念ながら、大した情報がなくてな』

とは言いながらも、東宮よりも彼のほうがやはり情報を持っているようだった。

『数日前から、おまえの課の職員が、東京地検から一人一人呼び出されて、話を聞かれているそうだ。おまえは呼び出されてないのか』

「まったく」

『だったら、外堀を埋める形で証言を固めて、本丸《ほんまる》に攻めこむのかもしれない。役人というのは、こんなときのプレッシャーに弱いからな。一人ずつ呼ばれて誘導尋問されたら、きっとおまえが関与していると証言し始めるヤツもいるぞ』

　そんな言葉に、東宮はゾッとした。

「どうして、……そんなことに？」

『かつて、とんでもない事件があっただろ。大阪地検が厚労省局長を逮捕した件。大物政治家と癒着して、とある団体に便宜をはかったという疑いがあったためだが、全くのえん罪だった。のちに無罪が証明されるんだが、恐ろしいことに彼女の部下のほぼ半数が、空気を読んで地検のストーリーに沿う証言をしていたそうだ』

「根も葉もないえん罪だったんだろ？」

『それでも、だ。他の調査においても、警察などで自白を強く迫られると、そのプレッシャーに負けて、自白を迫られた人間の半分ぐらいが、してもいない罪をしていたと認めたそうだぞ。同じように、周囲からの証言が固まったら、おまえが犯人にされることもあるかもしれない』

そんな話にゾッとした。

だが、彼も事件の概要はつかめていないらしい。

自分の知らないところで、恐ろしい陰謀《いんぼう》が進んでいるのを東宮は察した。引き続き情報がつかめたら教えて欲しいと頼んだ後で、三隅のことについて尋ねてみる。

「前の依頼の件だけど。……もう三隅とは距離を置いたから、これ以上、調べてもらう必要はなくなった。今までの調査結果をまとめて報告してもらって、精算を頼みたいんだけど」

『ああ。ちょうどそのことについても、連絡しようとしてたところ。すぐに報告書を送るよ』

「自宅には戻れないかもしれないから、メールでくれ。概要だけ先に教えて欲しいんだけど、あいつはアメリカで、何をしてたんだ？」

『ベンチャー企業の一種で、家計簿アプリなんだけど、その使いやすさが当たったみたいだね。そこそこ軌道に乗ったところで、大手に売却。それなりにまとまった額になったんじゃないかな』

「ちょっと待て。あいつは何か仕事してたの？」

『今、言った通りのベンチャー企業代表だよ』

「本当か？　事業してたとしても失敗して、借金から逃げて日本に来たんじゃないのか？」

あちらでも仕事をしてたなんて、初耳だった。三隅はヒモをして暮らしていた、と話していたはずだ。

詳しくは資料を送ってもらうことにして、東宮は通話を切った。

自宅のタワーマンションが見えたが、まだそこには記者が張っているかもしれないので反対側に歩き出す。

――今日は、……どこかビジネスホテルとかに行くか？

それが無難だろうか。

余計な出費をさせられることにイラッとしながらも、東宮は通りがかったタクシーを止め、適当なビジネスホテルに向かった。

ベッドばかりがスペースの多くを占めるシングルルームに落ち着いてから、メールで届いていた三隅に関する報告書を読んだ。

三隅が家計簿アプリを作ったのは友人に頼まれたからだそうだ。軽い気持ちで英語版のプログラムをアップしたのが大流行となった、という英語のウェブ記事も添付されている。あちらでは、取材されるほど注目されていたようだ。

――三隅はこういうの、偶然当てそうだよな。

事業を売却した資金は、数億になるという数字に、東宮は目を見開いた。無一文だと思っていたのだが、とんでもない話だ。思わぬ資産家だったことに、東宮は呆れた。

――こんな金持ってたくせに、俺に十万とか三万くれって、たかってきたわけ？　手切れ金とか、必要なかったじゃないか。

そんな三隅にせびられて渡した金は、どれくらいになるだろうか。「絶対に返すから」と言われたこともあったが、そんなのはあてにしていなかった。そもそも、本気で返すつもりがあったのだろうか。

三隅の件から気持ちを切り替えて、東宮は本気で黒瀬課長と連絡を取ろうとする。だが、何度電話しても通じない。何がどうなっているのかわからない事態に、東宮の焦りは募る。明日になれば、あの記事が掲載されている雑誌週刊誌が発売となる。ワイドショーも後追いの報道を始めるかもしれない。

そうなる前に、乗り切る対策を相談しなければならない。

いっそ直接押しかけようとも思ったが、個人の家を訪ねるにしては非常識な時間になっていた。そんなことは言っていられない事態なのだが、黒瀬の家にも記者が張りこんでいる可能性を思うと、下手にうろつくのは得策ではない気がしてくる。

すっきりしない気分のまま寝ることにしたが、夜中を過ぎても全く眠気は訪れなかった。東宮はビジネスホテルの狭い部屋の中でむっくりと起き上がり、えん罪となった厚労省局長の本を電子で探して読んでみることにした。

そうしながらも、心は千々《ちぢ》に乱れた。

何で自分が疑いをかけられているのか、理解できない。悶々としながら、いろんなことを考える。

明日が来るのが怖かった。

このまま、失踪《しっそう》したい。だけど、自分は無罪だ。堂々としているべきだと思うが、この事態がどう動くのかわからないのが怖かった。気づけば逮捕されて有罪ということさえあり得るのではないだろうか。

考えれば考えるほど、気が滅入《めい》ってきた。対処法を考えようにも、身に覚えがなさすぎて、何をどう疑われているのかさえわからない。

眠れないまま、朝になった。黒瀬とは連絡が取れないままだ。

宿泊に食事がついていたので食堂に向かってみたが、朝食がまともに食べられないほど胃がムカムカしていた。オレンジジュースだけ飲んでホテルをチェックアウトし、職場に向かう。

黒瀬とはそこで顔を合わせることができるだろうから、何から話そうかと考えながら向かったが、すでに財務省のビルの周辺に大勢の記者が張りこんでいる気配があった。東宮はさりげなく踵を返して、別のルートで職場のビルに入ろうとする。

だが、どのルートにも必ず何人か、記者らしきあやしい男がたむろしていた。

警備員などに助けを求める気力をなくして、東宮はそのまま地下鉄の駅へと引き返し、来た電車に乗って職場から離れた。

頭がボーッとしている。呼吸がおかしい。胃の痛みが増して、頭痛がした。自宅に帰って何も考えずに眠りたかったが、職場でこうなら自宅の周辺にも記者がうろついているだろう。何回か電車を乗り継いで尾行がないことを確認してから、適当なところで降りて駅前のベンチに座りこんだ。

朝日の眩《まぶ》しさから目を背けながら、東宮は頭を抱える。

自分はたぶん、何かにはめられそうになっている。

その事実が胸に迫ってきた。

その相手は、おそらく黒瀬課長だ。ずっと連絡が取れないことが、東宮の疑惑を煽りたてる。

疑惑の地方公共団体を担当することになったのは、黒瀬に言われたからだ。一緒に視察に行くこともあったし、接待まがいの豪華な食事の席に同席したこともある。そんな中で黒瀬が一線を越えた供応《きょうおう》を受け、そのことを東京地検に嗅ぎつけられたことで、東宮に全責任を押しつけようとしているのではないだろうか。

――だってあの時計も、……課長から渡されたようなものだし。

不相応なものを持っている東宮の姿を周囲に見せつけることで、疑惑を煽ろうという腹だろうか。ずっと抑えこんでいた黒瀬への疑惑が一気に吹き出してきて、何もかもがあやしく思えてくる。

黒瀬課長とここまで連絡が取れないなんて、不自然だった。意図的に東宮からの連絡をシャットアウトしているとしか思えない。

――俺に罪を押しつけるために、俺と娘を付き合わせることにした……？

寝不足だからか、頭がハッキリしない。

考え続けようとしたとき、またスマートフォンが鳴った。あちこちの知らない電話番号から、着信が続いている。おそらく、記者に自分の番号が流出したのだろう。スマートフォンを手に取り、知人や黒瀬からの連絡はないかと確認しているとき、東宮の目はとある番号に留まった。

――この番号は、三隅から……。

電話帳から三隅のデータは全て消した。だから、表示されているのは単なる数字にすぎない。他人の電話番号を覚えることはまずないというのに、それでも三隅の番号だけは覚えている。

――時間は……昨日の夕方から、何度も？　……俺のこの窮状《きゅうじょう》を知ったのか？　どうやって……？

まさか、三隅もグルということはあり得るのだろうか。

喘ぐような呼吸をしながら、東宮は考える。

そんなことだったら地獄だと思いながらも、東宮の手は勝手に三隅の着信からリターンで電話をかけ始めていた。

まだ午前中だ。三隅は起きているだろうか。東宮の家にいるときには、朝食を作ってくれるためにわりと早起きだった。

呼び出し音は途中で切れ、懐かしい声が聞こえてきた。

『東宮？　おまえ、大丈夫？』

声を聞くだけで、じわりと涙がわき上がった。こんな状況にあるだけに、三隅に気遣われて救われたような気持ちになる。

「大丈夫って、何が」

それでも、無理して突っ張ろうとしてしまうのが、東宮の悪い癖だ。

ひどく心が弱っているから、すがりたくなる。ただ抱きしめて眠らせてくれればいい。手切れ金まで渡して家から追い出したというのに、そんなことを渇望してしまう。

だが、三隅の声は東宮の仕打ちなど気にしていないように柔らかく響いた。

『雑誌見たぜ。あの記事で標的にされてるのは、おまえなんだってな』

「どこから聞いたんだよ、それ」

『しばらく泊めてもらおうかと、何人かの高校時代の友達に連絡取ってるんだ。そしたら、おまえの話が出て』

有名進学校だから、中高の人間関係はそのまま東大や官僚世界にまで引き継がれている。その濃密なネットワークで、東宮のこの件が話題になっているのだろう。三隅の耳にまで届いたことに驚きながら、東宮はやはり突っぱねてしまう。それでもスマートフォンを、震える手で必死で耳にあてていた。

「余計なお世話だよ。俺の心配よりも、自分の心配したら？　結局、転がりこむところ、見つけられたの？」

だが、どうにも声に力が入らない。三隅の声をもっと聞きたくて、息まで浅くなる。

『今、ワイドショーで、見覚えのあるおまえのマンションの前から中継してんぜ。こんなんじゃ、家には帰れないだろ？　行き場がないなら、俺のところおいで』

不覚にも、その言葉に泣きそうになった。

今まで家に迎え入れる立場にいたのは、東宮だったはずだ。だけど、東宮は容赦なく三隅を追い出した。その相手から、こんなふうに迎え入れられるとは思わなかった。

行く場所なんてない。実家や他の友人には頼れないし、頼りたくない。他人に頼られない代わりに、こんなときには誰も頼る人がいない。

「おまえこそ、どっか潜《もぐ》りこめてんの？」

言うと、三隅は楽しげに笑った。その明るい声の響きが、どん底にある東宮にとっては救いのように感じられた。

『まあね。ここにおまえが来ても、かまわないと思うぜ』

「かまわないって思ってるのはおまえだけで、家主は知らない人間を、引っ張りこむなと思ってるんじゃないのか」

早くもヒモとして、居候する相手を見つけたのだろうか。

だが、三隅は屈託がなかった。

『来いよ。おまえに渡したいものもあるし』

三隅は今いるところの最寄りらしき、駅の名を口にした。

『着いたら電話してくれれば、迎えに行くから』

「え。あの、……俺はそこに行くなんて話は……」

大丈夫だよ、とだけ言い残して、電話は勝手に切れる。

その言葉が耳の奥に柔らかく残った。こんな状況で、ヒモをしている友人の下に押しかけるわけにはいかない。それでも三隅の顔を見てみたかったし、渡したいものというのが何なのか気になった。

――顔見るだけ。ちょっと話をするだけ。どうせ今、暇だし。

そんなふうに考えて、東宮は腰を上げた。職場に欠勤の連絡をしていないことに気づいて、慌てて電話をかけた。それに出た相手に、体調不調とだけ告げておく。

――……行くか。

ため息しか出ない。

だけど、一人でいると嫌なことばかり考えそうになるから、動いていたかった。

三隅が言っていたのは、新宿に近い私鉄の駅だ。

すれ違う人や同じ車両に乗り合わせる人がみんな、自分のことを噂しているような感覚は今も続いている。それでも、東宮はその駅を目指した。

到着予定時間が見えたので連絡を入れておいたから、三隅は改札で待っていた。

ラフな格好に、さわやかな笑顔。足元はサンダルだ。寝起きのまま、ヒゲもそらずに三隅はここに来たらしい。

だけど、見知らぬ人の家に上がりこむのは、東宮には抵抗があった。

「今世話になってるのは、どんなとこ？」

歩き出す三隅の背に追いすがりながら、聞いてみる。

「家主いないから、遠慮はいらないぜ」

「いないの？」

「ああ。仕事中」

その言葉にホッとした。それなら、少しお邪魔しようという気になる。

水商売系なら昼間は寝ているはずだが、今、いないということはそうではないのだろうか。

案内されたのは、駅に近い裏道に面した安っぽいアパートだった。

外階段を上がり、二階の部屋に上がる。

入った途端に、香水と化粧品の混じった香りがした。あちらこちらに積み重ねられた派手な衣服から、やはり相手は水商売の女だと読み取る。

「本当にいないの？　勝手に入ってもいいの？」

「いいよ。ゆっくりしてけよ」

その言葉に、東宮はおずおずと上がりこんだ。

入ってすぐのところがキッチンのついた部屋で、その奥にもう一部屋あった。通されたのは、その部屋のほうだ。いろんなものが雑然としている。

他にテーブルはなかったので、ちゃぶ台の前で東宮は正座した。

「で、渡したいものって何？」

「ん。これ、返す。おまえから、換金しといて、って言われた商品券」

「え？　ああ」

「財務省の不祥事が取りざたされてるから、換金しないほうがいいだろ。ヤバい流れだな」

「ああ」

これも黒瀬課長から渡されたのだと、東宮はあらためて商品券を見た。これを下手に換金していたら、どこかで証拠として押さえられて、賄賂《わいろ》として贈られたものと見なされることもあるかもしれない。

東宮は頭を整理するためにも、三隅に一度全部話してみることにした。

「俺が巻きこまれた件について、一緒に考えてくれるか。俺が出した結論が、間違っていないかどうか、教えて欲しい」

東宮は今までのことを順序だてて語り始めた。

娘と付き合わせて高価な時計や商品券を渡し、東宮の羽振《はぶ》りがいいように見せかけることによって、職場での疑惑も煽る。

それも考えると、やはり汚職していたのは黒瀬であり、それがバレそうになって、部下の自分に罪を着せようとしたのではないだろうか。

軽くうなずきながら聞いていた三隅は、その最後に言ってきた。

「ああ。そんな気がしていたぜ。おまえがしてた時計は、高価すぎるからな。そんなものをしてるところを見られたら、完全に疑われる。っつか、疑わせるために、渡したんだろうな」

三隅は話を聞いた後で、おもむろに立ち上がった。ちゃぶ台がある部屋との間の襖《ふすま》を開け放したまま、キッチンに立って聞いてきた。

「チャーハンでいい？」

「何のこと？」

何でその話で、いきなりチャーハンが出てくるのか、東宮には理解できない。なのに、三隅は冷蔵庫を開けて、食材を取り出し始めていた。

「まともにメシ食ってないんだろ。ひどい顔色してる。こんなときにはまず体力が必要だから、何か食べて、ぐっすり寝ろ」

「だけど」

　全く食欲がなかった。

　空腹というものを忘れてしまったかのような状態だったが、三隅が慣れた手つきでチャーハンを作り始めると、漂ってきた醤油の香ばしい匂いにようやく何か食べられる気がしてきた。

「ほら」

しばらくして目の前にチャーハンが置かれ、自然と口に運んでしまう。ぱらぱらしていて、卵の味と米の甘さが舌の上に広がる。一口一口噛みしめるようにして、食べ進めた。

「すごく、おいしいな」

正直に言うと、三隅は自分の分も口に運びながらうなずいた。

「そうだろ。食べ終わったなら、作戦会議だ」

「何、それ」

「まさかこのまま、上司に罪を押しつけられて、自分がやりましたなんて罪を引っ被るつもりじゃないだろ？」

三隅の言葉に、東宮はしばし考えた。

確かにこのままだったら、自分はえん罪で刑務所行きかもしれない。

模範的《もはんてき》な公務員として、名誉ある仕事をしていると信じてきた。何か深い事情があるのならともかく、こんなふうに上司に利用されて失脚させられるのは悔しい。

「……だけど、……どうにかなるのかな」

「まさか、認めるつもりなのか？」

驚いたように聞かれて、東宮は視線をさまよわせた。

「そうしたくはないんだけど」

職場では職員が一人一人呼び出されて、地検に事情を聞かれていると聞いた。彼らがみんな空気を読んで課長に都合のいい証言をしたら、自分はそれをはねのけることができるのだろうか。

「……俺がしたって証拠を、課長は着々と集めているはずなんだ。わりと前々から、俺に押しつけるつもりだったようだし。逆に俺がしていないってことを立証するのは、至難《しなん》の業《わざ》かも」

「だけど、あきらめるつもりはないだろ。やれるだけ、あがいてみない？」

三隅は部外者ゆえの気楽さがあるのか、無責任に煽りたててくる。その輝く目を見ていると、萎《な》えそうになっていた気持ちが奮《ふる》い立ってきた。

「そう……だな。やるだけやってみるか」

その言葉に、三隅は笑って身を乗り出した。

「俺、昔っからおまえのあきらめの悪いところに感心してたぜ。テスト勉強でも何でも、ギリギリまでしつこくやってただろ。朝の電車の中で話しかけたら、黙ってろって言われた」

「よくそんな古いこと、覚えてるな」

三隅の言葉に呆れながらも、東宮はどうすれば自分の疑いを晴らすことができるのか、考えた。

自分は贈収賄には関与していないという証拠を、まずは固めておく必要があった。

先例として、厚労省局長の例が参考になるかもしれない。昨夜、眠れずに読んだ電子書籍の中に、えん罪だと証明したプロセスが綴《つづ》られていたことを思い出した。

「まずはアリバイか。俺が贈賄を受けたとして、課長が上げる日程で、実際には何をしていたのか。それを逐一《ちくいち》証明して、そんな事実はなかったと着々と積み上げていく」

「手帳か、日誌か。そういうものあるの？」

「俺は自分の仕事の状況を、細かくスケジュール帳にメモするタイプなんだ。しかも、それを毎年、捨てずに保存してある。それを参考にしてもらえば、他の人の証言や証拠などとも符合しなくなって、贈賄側の供述内容の合理性が疑われるかもしれない」

「裁判などで、おまえの証言のほうが信用できると判断させる材料だな」

「それに俺には、さらなる秘密兵器がある。ヤバそうな仕事に関わるときには、こっそりスーツにボイスメモを忍ばせてる」

――俺の保身の術を甘く見るなよ。

黒瀬課長には、そう言いたい。だが、黒瀬と雑談していたときに、自分はそのように保険をかけているのだとうっかり漏らしたことがあった。

「……だけど、そのボイスメモとスケジュール帳は、今は俺の手元から失われている」

ため息とともにつぶやくと、三隅は「どうしてだよ」と突っこんだ。

「黒瀬課長は、俺の手元にそういうものがあると知ってたからだ。ああ、……そうか。思い出してみれば、娘と俺を付き合わせたのは、そういう意図があったのかもな。俺の部屋に出入りしたり、シャワーとか浴びてるときに鞄の中を探るには、恋人になるのが一番だ。なんと、彼女とお泊まりデートしようとした翌日から、鞄に入れておいたスケジュール帳とボイスメモが行方不明だ」

「ブッ」

思わず、といった様子で、三隅が吹き出すのがわかった。それだけでは収まらないらしく、くっくっと笑っている。

「――マジで？」

「俺もさすがに認めたくはないんだが、そうとしか結論づけられない。鞄の中に入れておいたことはしっかり覚えているからな」

ずっと疑いを心の中で殺してきたが、黒幕が黒瀬だったと思えば、何もかもが納得できる。

彼女が自分と付き合っていたのは、全て計算ずくだったのだろう。親の言いつけでホテルにまで行くか、とは思うが、東宮がそもそも好みであったり、セックスまでのハードルがさして高くないタイプだったら、さほど抵抗はないのかもしれない。

——それに、……もしも課長が収賄罪《しゅうわいざい》で逮捕されるようなことになったら、娘だって世間的なメンツは丸つぶれだし、蓄財してきたものも没収されることも考えられる。そんな事態は、回避したいと思うはず。

そもそも好きあった仲ではなく、東宮も出世のために彼女を利用しようと思っていた。それでも、さすがに心が冷えていく。

「それと、彼女と初お泊まりデートをした翌日。手帳とボイスレコーダーがないのに気づいたから、鞄の中を全部ひっくり返して探してみたら、妙な書類が見つかったんだ」

ふと気づいて、東宮はそのときの記憶を蘇らせようとした。

「自分で入れたつもりがない書類だったから、変だと思ったんだ。何となくこれはヤバいものだと気づいて、誰かのものが紛れこんだんだと判断した。表沙汰《おもてざた》にするのはマズいものだから、心あたりがある相手にこっそり聞こうと思ってたんだけど」

彼女との初のお泊まりデートに失敗した後で三隅に抱かれ、ボーッとしながら荷物の準備をしていたときのことだ。

普段は滅多に見ることのない鞄の底板の裏に、その書類がはまりこんでいた。たまたまそんなところに紛れたのだろうと思っていたのだが、あれは東宮にも見つからないように隠してあったものだろうか。

「とある事業を興す計画があって——その団体名は記していなかった。その建設資金四百五十億円のうち、三百六十五億円は政府補助金で出す。八十五億円はその団体負担。受注会社はどこ、本契約はあそこの名義にして、建築はどこそこに頼む。補助金の支払い名目や、支払い時期も記してあった。そんな覚え書き」

誰の書類だろう、と考えようとしたときに、彼女からSNS経由で昨夜のことについての着信があった。その返信の文面をどうしようか、ということのほうに意識を奪われて、発見したその書類は自分の部屋に置きっぱなしになったのではないだろうか。

その書類も、自分をハメるための下準備だったのだろうか。

「それは今回の地方公共団体に関しての書類であって、勝手にそんな覚え書きを交わしていたことで、俺が裏金《うらがね》を受け取っていたっていう証拠の一つになるんじゃないのかな。その書類に、『総額の一パーセント』『報酬』って鉛筆書きで記入されてた。それが、俺が受け取るリベートだと思われたりしないか？」

「課長は以前から、おまえをはめるための工作をしていたようだな。それ単体では証拠としては薄くとも、同じ書類が相手側にもあり、他の証拠とも符合すれば、不利になるかもな」

「書類……。どこに置いたかな。家にたぶん、まだあると思うんだけど。おまえが掃除で捨ててなければ」

「書類っぽいものは捨ててないぜ。散乱してた書類は、まとめて一つの箱に突っこんでおいたけど、チラリと見てはいる。……ええと、建設資金四百五十億円の書類か。ペラ一枚？箱の中だな」

あっさりと三隅は言う。覚えているのだろうか。

東宮の自宅には、持ち帰ってサービス残業をしたときの書類が山のようにあるし、各業界紙や雑誌も大量にあった。それらを三隅が片付けてくれていた。

「見たのか？」

「一瞬だけな」

「一瞬だけで覚えてる？」

「思い出そうとすれば」

三隅にあっさりと言われた。一度聞いただけのことや、見ただけのものを何気なく覚えておけるのは、三隅の能力だ。かえすがえすも、その能力をヒモとしてしか使わないのは惜しいと思う。

東宮も三隅ほどではないものの、分厚い書類の束を流れるようなスピードでチェックしたときに一ヶ所のミスが気になり、そこを指摘したらすごいと課内で評価されたことがあった。

だが、三隅とは資質が違いすぎる。

「その書類は、そのまま自宅に置いておくとヤバいことになるんだな」

三隅に言われて、東宮はうなずいた。

　もともと汚職の証拠として、黒瀬が東宮の手元に置こうとしたものだ。あのようなものが強制捜査などで発見されたら、地検は鬼の首を取ったようにマウントしてくるだろう。

「だけど、俺のマンションの周りにはやたらとマスコミがいたから、うかつには近づけない。昨日も帰宅しようとした途端に、囲まれたし」

　記事が出る前日でそうなのだから、今日はもっとすごいことになっているのかもしれない。

　三隅も大きくうなずいた。

「今朝はワイドショーの中継まで入ってたからな。それにマンションが映ってたけど、すごい騒ぎになってるようだぜ」

「そんな中を突破して、書類を取ってこられると思うか。今朝、財務省に行こうと思ったときも、正面玄関や裏口、各連絡通路、全てマスコミに押さえられていた。ましてやうちのマンションは正面玄関と非常口、地下の駐車場と三ルートしかないからな。全て見張られてると考えていいだろう」

「けど、可能だったらマスコミを避けておまえの部屋に入り、そのヤバい書類を回収すればいいんだろ。それから、上司の娘をたぶらかして部屋まで押しかけ、おまえのスケジュール帳とボイスメモを取り返して、例の書類を課長か、課長の娘の荷物に入れて返しておく」

「そう。……だけど、それが可能だとは思えないけどね」

苦笑したら、三隅に軽い調子で尋ねられた。

「だけど、やって欲しい？」

そんな超人的なパワーが、三隅に備わっているのだろうか。東宮は三隅を見つめながら、考えてみる。

マスコミを避けて家に入るのは大変そうだし、ましてや彼女をたぶらかして自宅まで入りこむのは至難の業だ。

だが、三隅はヒモで食っていけるほどの男なのだ。もしかしたら、本当に可能だろうか。マンションのエントランスは突破できるとしても、下手をしたら目的の階の廊下にまでマスコミはうろついているはずだ。そんな状態で東宮の自宅の玄関に近づいたら、三隅でも囲まれるに違いない。

――ま、……三隅だったら、それも適当にごまかすかも。……絶対に無理とは言えないのが怖い。

東宮にその役割が与えられたら、無理としか思えない。マニュアル通り仕事を遂行《すいこう》したり、書類を作成するのは得意だが、アドリブが利かない。どうマスコミを言いくるめていいのかわからない。

「ま、試すだけやってみるから、家の鍵渡して」

言われて、東宮は鍵を手渡した。

──いつ、俺は逮捕されるんだろうな。

そんな危機感までこみ上げてきて、東宮は息苦しさを覚えた。逮捕ともなれば大々的なニュースとなって、家族や親戚にも迷惑をかけるだろう。両親はもとより、他の省庁で勤務している兄たちの出世の足を大いに引っ張るかもしれない。

黒瀬に娘をあてがわれたことで、出世が保証されると浮かれていた。だが、そんなのはろくでもない思い上がりだった。将来を見こまれたわけではなく、容易く騙して利用できる生《い》け贄《にえ》として選ばれただけだ。そう思うと、そんな自分のバカさ加減に深いため息しか漏れない。

「まぁ、とりあえずは俺に任せてみて。っつか、おまえ、まともに寝てないだろ。寝とけよ。眠るまで、ついててやるから」

「そんなわけ……」

見知らぬ他人の家で、呑気に眠るわけにはいかない。だが、三隅は強引に東宮を自分の膝に誘ってくる。

それを見ていると、急に強い疲労がこみ上げてきた。少しだけ、と思いながら東宮はその膝を枕に横になる。すると、三隅が近くにあった毛布をかけて、子供をあやすように肩や頭を優しく叩いてくれた。

瞼が重くなってくるのを感じながらも、東宮は聞いてみた。

「ここの家主。……いつ、帰ってくるんだ？」

「戻るとしても、真夜中だから。それまで、自分の家のつもりでのんびり過ごしていいよ」

――真夜中か。

まだ昼にもなっていない時間だから、かなりの猶予がある。そう思うと、少しだけなら寝てもいいような気になった。

午後になったらここを出て、今夜泊まるビジネスホテルを探せばいいだろう。それまで少しだけリラックスして過ごしたい。

昨夜は一睡もできなかったのだ。

東宮は瞼を閉じた。寝るにしても、せいぜい三十分のつもりだった。

「……ちょっとだけ、寝る……。家主が戻ってくるまでには、起きるから」

「ああ」

三隅が膝を貸したまま、東宮の頭をそっと撫でた。

そんな仕草は煩わしいだけのはずなのに、世界から見放されたような気持ちになって強いストレスにさらされていた東宮にとっては、救いとなった。

全身が泥のように重くなる。見知らぬ人の家にいるというのに、三隅がいるから安心して眠りに引きこまれていく。

だけど、どうして三隅がここまで手伝ってくれるのだろうか。

窮地に陥った相手は見捨てたほうが、己の保身がはかれる。

三隅が再び東宮の前に姿を現したのは、利用するためだ。働かずに寄生《きせい》するための宿主《しゅくしゅ》として、東宮を利用したにすぎない。

そんな三隅にとって、今の東宮は利用価値がない。

見捨てたほうがいいはずだ。

だけど、もし自分が何らかの罪を着せられて逮捕されたとしても、三隅だけは見捨てずにいてくれるだろうか。

——面会に来てくれる？

最後に冗談めかして尋ねようとした。だけど、その言葉を口に出すよりも前に、眠りに落ちていた。

夢も見ることもなく深く眠り、ふと気配に気づいて目を開いたときには、三隅が部屋に戻ってきたところだった。

すでに日は落ちて室内は暗い。自分はどれだけ眠っていたのだろうか。

「何時……？」

眠る前までの記憶が、曖昧《あいまい》だった。

三隅は何も答えずに近づき、毛布をかけ直しながら東宮を抱きこんで寝転がった。

「まぁ、気にせずに眠れ」

そんな言葉とともに抱きすくめられてまた目を閉じると、眠り足りなかったのか、またすぐに眠ってしまった。

次に目が覚めたときには、窓の外からのネオンがまだらに室内に入りこんでいた。ボーッとしながら、東宮は上体を起こす。かなり長い間眠っていたのか、全身がバキバキになっている。すでに外の飲食店や風俗店が営業している時間帯らしい。電気をつけなくてもネオンで明るかったので、寝過ぎたと思いながら室内を見回してみる。

すると、三隅が東宮のすぐそばに毛布にくるまって眠っていた。

——今、何時だろ。

三隅を起こさないようにスマートフォンを探そうとしたが、目につく場所にはなかった。

——俺のマンションまで、資料取りに行くようなことを言ってたけど、どうなったのかな。

こんなところで眠っているということは、失敗したということだろうか。

——だよな。そんなことが成功するはずもないよな。

あきらめがつく。自由に暮らせるのは、あと何日だろうか。逮捕される不安から逃避するためにも、東宮の視線は三隅にばかり向かってしまう。

薄闇に睫が長く影を落とし、鼻梁の形や頬が絶妙な陰影を作っている。寝顔までハンサムだ。

東宮の部屋にいたときには三隅を独占することができたが、今の三隅は別の女のものだ。

──本当に三隅はすぐに、ねぐらを見つけるもんな……。

三隅ならどこででも生きていけそうだ。それに比べて、自分の潰しの効かなさはどうだろうか。逮捕され、有罪になったら、釈放後にどんな仕事を見つけられるのかわからない。この件で、心身ともに押しつぶされそうになってる。

この状況を打開することよりも、すでに逃げることしか思いつかなくなっていた。逮捕されて留置場に入ったり、取り調べを受けることを考えただけで、まともに息ができなくなる。

──捕まる前に、どっかに逃げたい。けど、指名手配されたら無駄か。捕まる前に、死ぬとか……？

追いつめられて、ろくでもないことばかり考えてしまう。自分の世界は閉塞《へいそく》していて、一度踏み外したら終わりなのだと実感する。あとはただ、惨めな人生しか先に待っていないのだとしたら、ここで終わらせてもいいのではないだろうか。

だけど、このまま死ぬのは未練があった。

──俺が死んでも、……三隅は何でもなかったように生きていくだろうから。

東宮は三隅から目が離せない。

──一緒に連れてく？

汚職の罪を押しつけられた末にたくさんのカメラの前にさらされながら逮捕され、日本中の人々から嘲笑《ちょうしょう》や侮蔑《ぶべつ》の言葉を浴びせかけられたり、検察や警察にとっかかえひっかかえ事情聴取をされて長い期間拘留されるのは、どうにも耐えがたく思えた。

そんなことになるぐらいだったら、死んでしまいたい。

だけど、一人で逝《い》くのは怖かった。

——だから、三隅も連れてく。俺のいない世界で、自由にさせない。

自分の中にあったとは思えないほどの強い独占欲がわき上がってきて、目がくらみそうになる。ここまで追いつめられてようやく、自分は心の底では三隅と別れたくないのだと思い知らされた。

三隅がヒモとして他の女の下を渡り歩くのを、許容していたつもりだった。だけど、こんなふうに事実として突きつけられたことで、嫉妬のあまり息ができなくなる。東宮は制御しがたい衝動に突き動かされて、そっと手を三隅の首にかけた。

本気ではなかったはずだ。自殺するのと同じように、人を殺すことにも現実感がない。だけど、より腕に力をこめやすいように、足の位置を移動させて三隅の腰をまたいだ。

だが、その動きに眠りを破られたのか、三隅がうっすらと目を開く。

自分の首に東宮の手がかかっていても、さして驚いた顔はしない。それどころか、何やら楽しげに目を細めた。

「どういうこと、これ」

「心中しよう。おまえを殺して、俺も死ぬ」

東宮は身勝手な言葉を口にする。

もう自分には、先がない。

だが、三隅はこの先、一人でもいくらでも生きていけるはずだ。なのに三隅は、楽しげに笑ってくれた。

「いいね」

その返答に力を得て、東宮の指にぐっと力がこめられた。

これは冗談ではない。

かといって、本気で殺すつもりもなかったはずだ。だけど同意されたことで、東宮の中でスイッチが切り替わった。何かに取り憑かれたような状態になっていて、指に入る力を緩めることができない。自分の身体が、自分のものではないようだ。

「ぐっ」

三隅ののどがひくりと鳴った。

三隅の目は、ずっと東宮を見ていた。まだあまり苦しげではない。あとどれくらい力を入れ続けたら、三隅は死ぬのだろうか。

こめかみでどくどくと鼓動が鳴り響いていた。三隅を永遠に自分だけのものにしたい。だけど、そんなのはダメだ。

早く力を抜かなければという強い焦りはあるのに、それと同じぐらいの強さで、この時間をあと少しだけ味わっていたいと願っていた。

――だって、……三隅は俺の……。

心の奥底をのぞきこんでみれば、誰にも渡したくないという気持ちだけが残る。

自分の出世のために切り捨てたつもりだったのに、それでも三隅のことが忘れられない。いっそ、こんな事件に巻きこまれてよかったのかもしれないとさえ思う。彼女と結婚をして課長のお気に入りになれたとしても、自分はきっと三隅のことを引きずって、どこかで道を踏み外していただろうから。

三隅の首をしめるために力を入れすぎていた手が、ぬるりと汗で滑った。焦ってつかみ直したときに、三隅が咳《せ》きこむ。それによって東宮は現実感を取り戻し、慌てて手を離した。

「あ、……あの、俺……っ」

驚いて、言葉を発しようとする。

自分は今、何をしようとしていたのだろうか。

「だい……じょう……ぶ」

ゴホゴホと咳をしながら、三隅が応じた。東宮は今の自分の状態を、どう説明していいのかわからないままだ。だけど、まるで抵抗がなかったということは、三隅は自分に殺されてもいいと思っていたのだろうか。

聞こうとするよりも前に、ドアのあたりでガチャガチャと音が鳴った。部屋鍵を開けよう

としているらしい。

この部屋の家主かもしれないと気づいて、東宮の頭は焦りに真っ白になった。

「え。あ、あの……っ」

どうフォローしたらいいのかわからないでいる間に、ドアが開く。続けて灯《あか》りがパッとつき、その眩しさに慣れたときには、ちゃぶ台の横に女性が立っていた。

三隅や東宮たちの親というよりも、祖母といったほうが適切な年齢の女性だ。この家には水商売の女性のものらしき衣服が散乱していたが、着ている服との合致を考えると、この人が家主ではないだろうか。

「あら、お客さん？」

しゃがれ声で聞かれて、三隅は軽く咳をしながら答えた。

「そう」

「下にもお客さん、来てるわよ」

「ん？　ああ」

三隅は心あたりがあったらしく、のっそりと立ち上がった。東宮を伴《ともな》って、部屋の外に出る。アパートの階段を下りていくと、路上にスーツ姿の男性が三人立っていた。

彼らに、三隅は東宮を紹介した。

「こいつが東宮。たぶん、直接の依頼人になるはず」

──依頼人？

何の話だと思いながら聞いていると、彼らが名刺を丁寧に手渡しながら、一人ずつ挨拶してくれた。

「初めまして。わたくし、高橋《たかはし》法律事務所の──」

──法律事務所？

驚いて横にいる三隅を見ると、説明してくれた。

「おまえの件で、有力な弁護士事務所に依頼したんだ。専門家でチーム作って、対応してくれるって」

「え」

驚く東宮に、弁護士たちは折り目正しく言ってきた。

「証拠の品には、今しがた、目を通させていただきました。十分な証拠であると判断します。つきましては、今後の方針についてご相談を」

路地の向こうに、車が停めてあったらしい。そこに向かいながら、東宮は戸惑って三隅に聞いた。

「おまえ、何も証拠を入手できずに、のこのこ帰ってきて寝てたんだと思ってたんだけど、違うのか？」

「無事に二つともやり遂《と》げた後で、それを持って知人の弁護士に相談した。この人たちを紹介してもらって、依頼して、それから寝てた」

「よく、俺の部屋に入れたな」

「おまえんちにいたときから、隣の女性とは親しくしてたし、連絡先ももらってたからね。彼女と待ち合わせて一緒にマンションの隣の部屋に入って、ベランダ越しにおまえんち入った。災害用の隔て板は破らせてもらったけど」

「……よく、隣の女性と……」

そんな三隅に感心する。引っ越しのときに挨拶ぐらいはしたと思うが、東宮は顔も覚えていないぐらいだ。なのに、連絡先までそつなく交換しているとは、さすがだった。

「まさか、課長の娘もたぶらかしたの？」

「当然だろ。顔はおまえの見合い写真で知ってたし、今の勤務先も聞いてたから、退勤してくるのを張りこんで尾行してたら、夕食代わりなのか、一人で飲み屋に入ってったからさ。相席《あいせき》申しこんでもよさそうな混雑具合だったから、それを口実に仲良くなって、部屋まで連れて帰ってもらった」

「おまえ、さすが……」

三隅の女ったらしぶりには絶句する。

考えてみたら、東宮も退勤時間に財務省前で張りこまれていた。張りこんだり、尾行するのはいつもの手なのかもしれない。

「彼女とは、……したの？」

尋ねると、三隅は笑った。

「して欲しくない？」

「どうかな」

口では突っぱねたものの、本当はすごく気になっていた。三隅はそういう男なのだと思っていても、どうしても嫉妬の感情が生まれる。

だけど、それを正直に言葉にできないでいると、そんな東宮を横目でじっくり観察してから、三隅が囁いた。

「実はさ。――俺も何か、最近、そんな気にならないんだよね。東宮以外にはときめかないっていうか？」

「は？　俺がそんな嘘、信じると思ってんの？　誰にでもそんなこと、言ってるんだろ」

早口で東宮は吐き捨てた。こんな会話を弁護士たちには聞かれたくないから、少し彼らから遅れて、こそこそ声で話す。

「でも、彼女とは寝たんだろ？」

「いや。飲みすぎて具合悪くなりかけたところを、お部屋まで送ってあげただけ」

東宮も再会のときは三隅に一服盛られて、やたらと身体が疼いてエロいことをしてしまったことを思い出した。

また同じようなことをしたのかと思うと、三隅に対する信頼感が大きく揺らぐ。

「毎回、同じ手を使ってるんじゃないよ。最低だな」

三隅のことは好きだが、こんなふうにろくでもない手を使っているとあっては尊敬できない。

この際、洗いざらいぶちまけてしまったほうがいいかもしれない。

「おまえの働きには感謝もするけど、相手の同意なく薬を盛るのは犯罪だ」

「東宮相手の場合は、言葉にならない密かな同意があると、俺は解釈している。カップル同士が気分を盛り上げるのに使うサプライズ的なものだから、同意なしにはあたらないと思う」

「……おまえね」

勝手な解釈に呆れた東宮に、三隅は続けた。

「というわけで、おまえに盛ったのは媚薬だけど、彼女には何も使ってない。単に飲みすぎただけ。俺、酒を勧めるのは上手だから」

「え」

意外なことを言われて、東宮は立ち止まった。

路地から広い道に出たところだった。弁護士たちが車を取ってくるからここで待っていて欲しいと言ってくる。

二人で残されたことで、東宮はあらためて三隅に向き直った。

「彼女とは寝てないの？　本当に？」

「寝てない。本当」

「どうして？　あと、今、世話になっているアパートの人って、……かなり年配だろ？　ヒモしてるんじゃないの？　おまえ、あそこまでの年上好み？」

「おまえと付き合ってた彼女と寝てないのは、正真正銘の現実。あと、今お世話になっているアパートの人は俺の昔の知り合いで、ガキのときに家出したときにかくまってくれた人。おばあちゃんみたいに思ってて、たまに会いに行くんだ。可愛がってくれてるから」

「男女の関係じゃないの？」

「おばあちゃんと孫かな」

そんなふうに言いながら、三隅は腕を伸ばして東宮の身体を正面からぎゅっと抱きしめてくる。

いきなりすっぽり抱きすくめられて、東宮はその感触に酔った。今日の三隅からは、いつもの余裕が感じられない。溺れるものがすがりついてくるように感じられるのは、指にまで力が入りすぎているからか。

そんな状態で、耳元で囁かれた。

「東宮。……俺、よくわからないけど、今はおまえのことしか考えられなくなってんの。どうしてか、他の女に心が向かない。何かとおまえのことが頭をチラチラする。これって、年《ねん》貢《ぐ》の納めどきだと思うんだけど、おまえはどう思う？」

三隅のそんな囁きなど、所詮は口先だけの嘘に決まっている。信じられるはずもない。だけど、三隅の声がいつになく胸に染みこんでくるのは、こんなふうに強く抱きしめられているからだ。それと、信じたい気持ちがあった。だけど、相手はヒモだ。相手に気に入られるためなら何でも言うのかもしれない。

そんな不安と愛情とがこみ上げ、どう判断をつけていいのかわからなくなって、じわりと涙が東宮の目に浮かんだ。嘘でもいいから、信じてみたい。そうしてもいいだろうか。こんなときに、助けてくれるのは三隅だけなのだから。

「誰にでも、そんなこと言ってんだろ」

言い返しながらも、東宮の身体からは力が抜けて、三隅に完全に身を預けていた。こんなふうになってしまったら、口先だけの抵抗だと見抜かれてしまう。

東宮の耳元で、三隅は囁き続けた。

「俺には昔っから、貞操《ていそう》観念なんてなかったんだよ。何人でも平等に愛せると思ってた。だけど、何でだか知らないけど、おまえに出会って特別な感情を知った。どうしてこんなことになったのか、俺が納得するまで付き合ってくれないかな？」

「何だよ、それ」

三隅自身も、この愛については半信半疑らしい。不思議そうな口調で続けられた。

「それこそ数多くの女性と知り合ってきたんだけど、何度となく思い出すのは、おまえだけなんだって。日本に戻ってきたのは、東宮に会うため。なのに、おまえはやたらとツンツンして、素っ気なさすぎる。せっかく帰ってきたのに」

「あんなろくでもないことして、いきなりいなくなったんだから、俺が一生おまえを許さなくても当然だと思わないのか？　他人に借金をして、それを返さずにいる人間を、俺は基本的には信頼しない。それにおまえ、返せるお金あるくせに」

ふと、アメリカでの事業のことを思い出して言ってみる。

「返せる金？　何のこと？」

「おまえが海外でろくでもない借金をまた作って、借金取りに追われて日本に逃げてきたんじゃないかと疑って、調べてもらったんだよ。そうしたら、家計簿アプリかなんかの事業興して、それを売却したのが数億になったって報告受けたけど」

「数億？　マジそれ」

「知らなかったのか？」

「お金振り込まれることになってたけど、具体的な金額までは」

三隅にとっての数億は、その程度の認識らしい。だけど、すぐに言われた。

「だったら、利子《りし》代わりにその数億全額渡したら、俺のこと許してくれる？」

「バカかおまえは。金の問題じゃなくて誠意の問題だし、しかもせっかく稼いだ大金を、そんなにあっさりと手放すヤツがいるか」

「裁判費用とかかかるだろ。おまえからもらった手切れ金を、着手金として渡してあるんだけど、裁判は金があればあるほど強いよ？　絶対勝てるはず」

「数億注ぎこむわけ？」

「あぶく銭だからな」

そんなふうに言う三隅を呆れ顔で見てから、東宮は弁護士が戻ってきたのを見て宣言した。

「おまえの言葉は信用できないから、これから弁護士の先生と、その言葉通りに支払い契約を結んでもらうことにする。そうなったら、これは勢いでしたじゃすまない。それでもいいのか？」

口先だけの話ではないのか、確認しておきたい。

三隅はあっさりうなずいた。

「全くかまわない。っていうか、その金、完全に忘れてたぐらいだからな。金がないほうが、身軽で好き」

目の前に停まった車に乗りこみながら、東宮は車内の弁護士に言っておいた。

「裁判費用は、全部三隅が払ってくれるそうです」

三隅は渋るかと思ったが、続けて乗りこみながら、その言葉にうなずいていた。

さすがにそれを見たら、東宮は三隅の信義を信じずにはいられなくなる。他人の裁判費用にあり金全部注ぎこむなんて東宮にはできない話だ。

三隅と自分とは金についての概念が、大きく違うのかもしれない。

車はそのまま、弁護士事務所に向かって走った。この手の裁判には慣れた事務所であり、以前あった似たような事件も勝訴したのだと、車の中で説明される。

証拠の品を手に三隅が弁護士事務所に駆けこむとは思っていなかったが、裁判費用も三隅が請け負うと言ってくれたし、いっそ徹底的に抗戦するのも悪くないと思えてきた。

弁護士も東宮のスケジュール帳を見たりボイスメモを聞いた上で、十分に戦えると判断しているようだ。

「で、どうされます？」

車が事務所に到着する前に、東宮は最終的な判断を弁護士に迫られる。

概略については聞いた。もしも自分が収賄の疑いをかけられて逮捕されるようなことになっても、勝てそうだという気がしてくる。それでも、本気で戦うためには覚悟が必要だった。

答える前に、東宮は三隅を見た。

「一緒にやってくれる？」

一人ではたまに心がぐらついたりへこたれそうな予感もするが、三隅が支えてくれたならば負ける気がしない。

三隅は甘ったるく笑った。

「おまえのほうからいなくなれって言われなければ、俺はいつでもそばにいるつもりだけど」

「あの人のところから、うちに戻ってくれる？」

「もちろん」

その言葉に百人力をもらって、東宮は弁護士たちに返事をした。

「やります」

東宮のことを簡単に陥《おとしい》れることができると侮《あなど》った上司に報復するためにも、やれるところまでやってみたい。

こんなときに、三隅がここまで頼りになる男だと思っていなかった。

〔六〕

毎日、のんびりと好きな人の家で暮らす。

相手のために居心地のいい空間を整え、気ままに仕事をして、ご飯もおいしいものを作って、一緒に食べる。

そんなのは才能の無駄使いだと東宮は言うが、三隅は気にならない。

――だって、能力ってのは、俺が快適に過ごすためにあるんだし。

東宮の家に転がりこんでからの半年は、あっという間だった。

その間、東宮が写真週刊誌で汚職疑惑を報じられるような大きな事件もあったが、東宮自身が弁護士を立てて疑い段階から徹底的に抗弁したために逮捕も拘留もされず、今はその疑惑も晴れている。

収賄していたのは東宮ではなく、その上司の黒瀬課長だという構図がすでに明らかになっていた。東宮からの証拠提供だけではなく、有能な弁護士が黒瀬の他の疑惑に関わった人々をあぶり出して協力を要請し、彼らも次々と名乗り出て証言を行い始めたために、事件は驚くほどの広がりを見せていった。

黒瀬は以前から数々の疑惑に関わり、かなりの額の裏金を受け取っていたそうだ。外面《そとづら》はよくて穏やかな紳士に見えていたそうだが、ギャンブルにはまっていてその依存から多額の金が必要だったようだ。

すでに黒瀬は逮捕・起訴されて、拘留が続いている。

そんな課長の娘婿の座を逃した東宮だが、この春に昇進の知らせが届いたそうだ。

同期より、少し早い昇進らしい。それは、そのろくでもない嫌疑に関する省からのお詫びの気持ちでもあるのか、と三隅が尋ねたら、「優秀だからだ」と東宮はのうのうと言い返してみせた。

——確かに、優秀ではあるけど。

東宮の雰囲気はあの事件の疑いを晴らしていく過程で少しずつ変わっていったと、三隅は思う。

かつてはキリキリして、余裕がなく感じられるところがあった。だが、今の東宮には驚くほどの安定と、どっしりとした信頼感が感じられる。この変化は、いったい何だろうか。

マスコミが騒ぎすぎたこともあって、東宮は何度か財務省で記者会見を行った。そのときの記者対応もしっかり弁護士と打ち合わせした甲斐《かい》があって、誠実さあふれる合格点のものばかりだ。それを通じて、おそらくは上も東宮を評価したのだろう。

——それに、雰囲気が柔らかくなった。愛されてる余裕っての？

それは自分のおかげではないかと、三隅は密かにうぬぼれている。

三隅のほうも、東宮といると落ち着いた。かつては世界のどこにも居場所がなく、誰にも執着がなくてふらふらとどこまでもさまよっていけた。だけど、今は東宮が錨《いかり》となって、どっしりとここに三隅を定着させる。

自分が出ていくようなことがあったら、東宮はひどく悲しむだろう。そう思うと、無責任に出ていくこともできない。きっとこれが愛であり、執着なんじゃないかと、三隅は初めての感覚に驚きながらもここでの生活を楽しんでいる。

——それに、わりと東宮にがみがみ言われるのが快感っていうか。

今日は何をしてたのか。これから、どうするつもりなのか。

親のように、東宮は三隅のことを気にかけているようだ。誰にも介入されたくないし、ほうっておいて欲しい、というのが三隅の今までのスタンスだったのだが、東宮にかまわれるのは悪くない。本当のことも嘘のこともべらべら交えて話し、呆れた顔をされるのも快感だった。

——ま、俺、仕事してもかまわないよ？

金など生きていくのに必要なだけあれば十分だし、先のことは考えない。それが三隅の考えだったが、東宮はそうではないらしい。生涯賃金と年金、この後の物価の値上がりや、老後にかかる資金など、資料や統計を交えてとうとうと説教をされ、さすがに辟易とした。

幸い、三隅には濡れ手に粟のような家計簿アプリ収入があった。それを裁判費用として注ぎこもうとしたのだが、訴《うった》える以前に起訴もされなかったので、それが大半残っている。

その運用を東宮に任せることで老後まで安泰、という話にはなっていたが、それでも東宮は働かざる者食うべからず、が人生の教訓らしい。

形だけでも何か仕事をしていないと、東宮は生理的に受けつけないと言っていたから、何かやったほうがいいような気もしている。

――あいつ、めちゃくちゃ働き者だしな。またアプリ開発しろ、って言われたけど、ああいうのがあたるっていうのは、たまたまで。次も狙ってあてられるものではないんだけどな。

そうは思いながらも、次のヒットを目指して市場調査を始めているのだから、三隅も東宮に乗せられている。

――あいつ、働いているふりでもしてれば、機嫌がいいから。

東宮の機嫌がいいと、三隅も気分がよくなる。好きな子には笑っていて欲しい。ヒモというのはサービス業だと、三隅は考えていた。自分の大切な人を幸せにしてあげたい。そのために何をすればいいのかを、考えて提供するサービスだ。

最近、東宮はあまり残業をしなくなった。

帰れるときはさっさと仕事を切り上げて帰宅する。そんな東宮を出迎えるだけでも、三隅は嬉しい。

帰宅時間が気になるから、ＳＮＳでメッセージを入れると返事がすぐに来た。それに合わせて、料理を始める。たまに食べたいもののリクエストがあると、それを作った。

今日のリクエストは、生春巻きとエスニック料理だ。

昇進はまだ内定状態だそうだが、正式に辞令が出たら、そのお祝いをしようか。

そんなふうに考えただけでも、三隅はワクワクしてくる。

好きな子を喜ばせるのには、この上ない喜びがある。毎日が、甘い彩りであふれているようだった。


「ただいま」

東宮が帰宅をして声をかけると、リビングから三隅が姿を現した。一日家にいたのかもしれない。ラフな格好に、ぼさぼさとした髪をしているが、三隅の場合はそんな姿ですらさまになる。

「おかえり。メシ、できてるよ」

スパイシーな匂いが、玄関まで漂ってきた。

先日はカレー、今日はエスニック料理が食べたいと、リクエストしてあった。三隅の料理のバリエーションは豊富で、しかもやたらとおいしくて、口に合わなかったことがない。

「いい匂いだな」

着替えてダイニングテーブルに座ると、色とりどりの料理が目を楽しませた。五年前に別れたときも、三隅の料理が食べられなくなったのがすごく心残りだった記憶がある。

だが、今はそのときよりも、料理上手になったのではないだろうか。

おいしさに舌鼓を打ち、お酒も飲む。

三隅と過ごすこんなひとときがあると、どんなに仕事が忙しくても日々の彩りが感じられるから最高だった。

肩が凝りすぎてて、食事中にも軽く動かしていたのが気になったのか、食事を終えて食器を片付けた後で、三隅が東宮の背後に立った。

「肩、揉んでやるよ」

「いいの？」

「ヒモだからね」

三隅はにっこりと笑う。

嫌みな響きはなく、三隅はわりと自分がヒモであることを楽しんでいるように思えた。

生活費は東宮持ちだが、三隅は家事をしてくれるし、巨額の運用資金も持っている。生活費や家賃を入れろと言えばきっと払ってくれるだろうが、東宮も三隅がヒモでいてくれる生活を楽しんでいた。だからこそ、野暮《やぼ》なことは言いたくない。長年、ヒモをしてきた三隅はサービス精神旺盛《おうせい》で、何かと人を喜ばせるのが好きなようだ。

「あ、……そこ、気持ちがいい」

肩を揉まれて、東宮は目を細めた。

三隅は最近、東宮に感化されて仕事もしようとしているらしい。家計簿アプリのように、何か隙間アプリを開発しているようで、いろいろアイデアを相談してくる。そのどれもが東宮には画期的なものに思えた。

だけど、それを手放しで賞賛したら、逆にたしなめられた。

『おまえさ。もう少し考えろよ。こういうので一発あてるなんて、奇跡みたいなものなんだから』

三隅にそんなふうに言われるとは思わなかった。

三隅に対して、自分はずっと夢を抱き続けているのかもしれない。だけど、それでかまわない。ずっと恋し続けているのだ。運命的に出会ったときから。

だけど三隅が忙しくなって、東宮にかまわなくなるのは少し残念な気もした。

いつでも家でのんびりして、たっぷりかまって欲しい。それが人生の安らぎにつながるのだが、三隅が仕事をしたいと言うのだったら、それを邪魔するのは傲慢《ごうまん》というものだろう。

「何考えてんの？」

肩を揉みながら、三隅が尋ねてきた。

あまりの気持ちよさに、頭を垂れそうになりながら、東宮は答えた。

「おまえの仕事のこと」

「……しろって？」

「しすぎると、また家が荒れるなぁって考えてたとこ。こないだ見せてもらったアプリのアイデア、何か形になったの？」

「そんなせっかちに考えずに、も少し長く見守ってくれないかなぁ」

呑気に言いながら、三隅が肩を揉む手を止めて、背後からぎゅっと抱きしめてくる。それだけで、東宮の鼓動が乱れた。

何かごまかされているような気がしながらも、「寝室行く？」と囁かれると、その言葉に逆らえない。

ベッドに運ばれ、服を脱がされるにつれて、ドキドキが高まっていく。どんなときでも、三隅がセックスで気を抜かないのはすごいと思う。セックスを楽しむすべを三隅はよく知っていて、抱くたびに東宮にそれを教えてくれる。

「……ン」

キスだけでも、気が遠くなるような気持ちよさがあった。

絶妙な強さで舌が絡むから、それだけで全身の熱が上がっていく。

感じるところを探ってくる指の感触にも、ぞくぞくと震えずにはいられなかった。たっぷり唇をむさぼられた後で、身体のラインに沿って下がってきた唇に尖った乳首をとらえられて、東宮は息を呑んだ。

「ン、……ん、ん」

仰向けにさせられて両足で三隅の腰を挟みこまされ、乳首を転がす舌の甘ったるい感触にのけぞりながら耐える。三隅の唇がある敏感な部分に、全感覚が集中した。舌のざらつきさえ感じ取れるほど硬く凝った部分をたっぷりと転がされた後で、軽く歯を立てられるのがたまらなかった。

肉厚の舌にたっぷりと唾液を絡めながら転がされ、反対側の乳首も爪を立てるようにコリコリといじられていると、片時もじっとしてはいられなくなる。

ただ乳首をなぶられているだけだというのに、東宮の足の間では性器が硬くなっていた。腰は完全に三隅に組み敷かれているから、身じろぐたびにそこが三隅の身体と擦れる。

三隅はじっくりと前戯を楽しむタイプだ。今日も嫌というほど感じさせられそうな気がした。どう焦れったく腰を振ろうとも、なかなかイかせてもらえないことを、東宮は予感していた。

「……ン、ん」

そのとき小さな乳首を甘嚙みされ、指で凝らせた乳首のほうに、唇が移動する。

いきなりきゅっと痛いぐらいに吸い上げられて、鋭い刺激にビクッと腰が跳ね上がった。

「俺さ。おまえの乳首、すごく好き」

そんな言葉とともに、三隅は唾液で濡れた乳首を指先で押し潰した。

さらに乳首に軽く口づけを繰り返しながら、三隅の手は下肢まで伸びる。疼く先端にはあまり触れられずに、裏筋をなぞるように指は動いていく。

その焦れったさと快感に、むずかるように腰を動かさずにはいられなかった。

「……ン、……ん、ん……」

「東宮は、少し痛かったり、焦らされたりするのが好きなんだよな」

そんなことを言われながら乳首に爪を立てられ、少しねじるようにされると、全身感じきっているだけに甘ったるい声が漏れた。

「っひ、ぁ、あ、あ……」

ねじったまま引っ張られて、かすかな痛みが走る。とっさにやめさせようと身体が動きそうになったが、三隅は力の加減をよく知っている。痛みが快感に変わるまでは一瞬だった。

「ツン……ッ」

乳首をひねられて、ぞくぞくするほど感じてしまう。

「いい顔してる」

顔をのぞきこまれて、微笑まれた。

また乳首をひねられたが、そこに生まれる一瞬の痛みが、次々と快感にすり替わっていく。

痛いのに気持ちがよくて、東宮は戸惑うことしかできない。

痛みを与えられたことで、快感が底上げされた感覚があった。

さんざんいじめた後で乳首を柔らかく舐めねぶられ、それもまた悦くて身体がとろとろになった。

軽く握りこまれたままの性器の先端からは蜜があふれっぱなしだったが、なかなかそこには触れられないままだ。焦れったさが頂点に達したところでようやく先端に指が伸びて、蜜をぐりっと周囲にまぶしつけられる。そこからの悦楽にもまた蜜があふれ、喘ぐことしかできない。

次に膝をつかまれ、恥ずかしいぐらいに両足を開かれるのがわかった。その奥に触れられて、息を呑む。

「またここに触れるの、待たせすぎた？」

三隅がからかうように言ってから、指先にローションをたっぷり絞り出すのがわかった。濡れた指で後孔をまさぐられ、絡めた液体を塗りつけるようにぬぷぬぷと指を抜き差しされると、体内の熱さでローションが馴染んでいく。

「っ！」

いきなり感じるところを正確にえぐられて、東宮は大きく震えた。

まだ違和感があるうちから与えられる快感に呑みこまれる。中をまんべんなくほぐしなが

ら も、三隅の指は見つけ出したポイントに的確に刺激を送りこんでくる。

「んっ、……あ、あ、あ……」

急速に中がほぐれて感じるようになり、掻き混ぜるように動く指をひくひくと締めつけた。そんなふうに暴走していく身体の反応が自覚できるだけに、三隅にどんな顔を見せていいのかわからない。

焦らすように中をほぐされながら、三隅に性器の切っ先を舌先でなぶられた。体内にある指の動きに合わせて、ペニスの一番感じやすいところを舐められるのがたまらなくて、東宮は腰を揺らす。

体内にある三隅の揃えた二本の指が、正確に前立腺をえぐるたびに体内から蜜が押し出されていく。その先端からあふれる蜜を直接舐めとられているだけではなく、たまにタイミングが合ったときには尿道口から吸い出される。

「……ン、……ン、ン」

体内と性器の二ヶ所に与えられる痺れるような快感に、ただ追いこまれていくばかりだ。あまりの快感に頭が真っ白になって何も考えられず、どうにか我慢する間もなく押し上げられて、東宮は狼狽しながらもがくがくと腰をせり上げた。

「っうぁ！　あ、あ、あ」

まだ、このタイミングでイクつもりではなかった。だが、気持ちよすぎる。

ぞくっという馴染みのある絶頂の快感とともに背筋が甘く痺れ、激しい衝動に全てを託すしかない。

「んぁ、あ！」

のけぞるように、射精していた。

三隅は東宮の先端を軽くくわえこみ、射精のタイミングに合わせてちゅっとそこを吸い上げた。そんなことをされると射精の快感が倍増され、目がくらんで何もわからなくなる。

「ン、……ふ、……はぁ、は、は、は」

強すぎる快感が去った後も、しばらくは放心して息を整えることしかできなかった。下腹が甘ったるく痺れていた。

そんな東宮のペニスを口で清めてから、三隅は体内から指を抜いた。それから、大きく膝を抱え上げる。

「ごめん。おまえの顔見てたら、もう我慢できない。イったばかりで入れるとつらいのはわかってるけど、我慢して」

そんな言葉とともに三隅の熱いものが押しつけられ、いきなり突き立てられる。

「あ、……あ、あ、あ……」

東宮は狼狽して大きく目を見開いた。

完全に身体から力が抜けていたために、驚くほどすんなりと先端部が入った。そこさえ入ってしまえば後は楽で、ゆっくりと小刻みに押しこまれてしまう。そのたびに圧迫感に息を漏らすしかなかった。

さらに膝を抱えこまれて腰を引き寄せられ、力の入らない中に一気に含まされた。

「っ！」

イったばかりの襞は、ひどく感じやすい。すぐにでもまたイってしまいそうなほど過敏になった中にはめられて、その違和感にひくひくと襞が絡みついていく。いきなり動かされたらヤバい、と思った瞬間、ゆるりと引き抜かれて、そこから腰が砕けそうな刺激がざわりと全身に広がった。

「っあ！　あっ、……んぁ、ふ……っ」

そのまま少しでも抜いてほしかったが、膝をしっかり抱えこまれている。力の入らない襞の柔らかさを味わうように、深くまで突き立てられる。

圧迫感とともに襞が押し開かれ、そこからもたらされる悦楽に喘ぐしかない。自分ではどこにどう力を入れていいのかわからなくて、ただ与えられる刺激を受け止めるだけで精一杯だ。

「すごい、……柔らかいよな。俺、この状態、好き」

三隅は好きでも、感じすぎる東宮のほうはたまったものではなかった。

強すぎる悦楽をどうにか受け流そうとしている間に、中の感覚が少しずつ元に戻ってくる。

締めつけが生まれたことで、より中の存在感を感じ取ることになった。

三隅の形やその硬さを実感させられながら、そのリズムに合わせて声が漏れた。

そんな顔面に、三隅の視線を感じ取る。

自分がどれだけ快感に緩みきったひどい顔をさらしているのか、多少の自覚はある。だからこそ、東宮はその視線を感じ取るなり、片手で顔を覆うようにして訴えた。

「見る……な……っ」

だが、それを受けて三隅はますます目を輝かせた。

その手首をつかまれて、鼻と鼻とが触れあう距離まで顔を寄せてくる。

「どうしたんだよ。もっと、顔見せて」

「みっとも、……っあ、ないから」

拒もうとしても、こんな状態では無理だ。自分の上で三隅が身じろぐたびに中に入ったものの角度が変わり、そこから伝わってくる感触に耐えるだけで精一杯になっていた。ますます顔をよく見られてしまう。自分のそんなときの顔など、見るに堪《た》えないはずなのに。

――だけど、三隅の顔は見たことある……。イクときの。

たいてい、そんなときには東宮のほうも余裕がない状態に追いこまれているのだが、たまたま見たのだ。三隅の整った顔立ちが快感に歪んで、ゾクリとするほどの色香を漂わせていた。瞼の裏に灼きついたその顔を思い出すたびに、密かに興奮する。

——だけど、それと俺の顔は、違うから。

このままだとしつこく顔を見られそうな気がして、東宮のほうから三隅の首の後ろに腕を引っかけ、キスをせがむように唇を寄せた。

すぐに甘ったるく舌を絡まされる。そうしながらも、三隅の腰の動きは止まらない。むしろ、だんだんと動きが大きく速くなっている。

上と下の両方の粘膜を占拠されているから、東宮は身体の反応を全て、三隅に知られている気がした。

感じるたびに敏感になりすぎた粘膜がきゅっと収縮して、三隅のものに絡みつく。さらに奥へと導くような動きをするたびに、ぞくぞくとした快感が背筋を駆け上がっていく。

三隅のキスはなかなか終わらず、のどの奥のほうまで舌を押しこまれて、上あごの裏も探られた。自分の口腔内にある未知の感覚を教えこまれるたびに、東宮はびくびくと震えることしかできない。

たっぷりと東宮の唇をむさぼった後で、三隅はのしかかっていた上体を少し起こした。

一番動きやすい体勢にするためか、東宮の腰の後ろに枕を押しこんでくる。それから、あらためて膝を抱えこまれ、リズミカルに打ちこまれた。

容赦なく一番感じるところにあたる角度にされたことに、東宮はようやく気づいた。つらいぐらいに感じるところを直撃するから、あたる角度を変えたくなる。だが、枕が邪魔でか

なわず、ただ甘んじて悦楽を受け入れるしかない。

「ン、……んぁ、……あ、んぁ、あ、はぁ、は、は、は」

突き上げられるたびに、そこから広がる悦楽に目がくらんだ。

三隅の動きが、ますます速くなっていく。それに合わせて絶頂まで押し上げられていく中で、次こそ三隅に合わせたくなる。だからこそ、イクのを必死になってこらえることにした。

そうしながらも、こんなときの三隅の顔を見てみたくて、東宮は薄く目を開く。

眉を寄せ、自身の快感に没頭している三隅の顔にドキリとした。やはりたまらなく艶っぽい。男の色香を垂れ流しにしているような表情から目が離せなくなるのと同時に、三隅に快感を与えているのは自分だと思うとぞくぞくした。

自然と力が入ってひくりと締めつけたのか、三隅の視線がふっと動いた。目が合った途端に微笑まれて、ますますときめきが止まらなくなった東宮は、狼狽して視線をそらす。

「ッン」

そんな態度をどう思ったのか、次の瞬間には乳首に吸いつかれ、歯を立てながら強く吸われた。凝りきっていた乳首に与えられるきつい刺激に、腰が大きく跳ね上がった。

「んぁ！」

そのタイミングを逃すことなく深く突き上げられ、あらがいきれずに東宮は二度目の絶頂に達した。

「んぁ、あ、あ、あ」

なおも中をえぐる動きに合わせて、何度も短い絶頂が訪れる。

根こそぎ精液を出させようとするかのように動かれ、イったままのような状態が継続して、太腿の痙攣が止まらなくなった。

「っ、待て、……っあ、……イク、また……っ」

背筋がのけぞり、唾液が口の端からあふれる。

射精している最中にも打ちつけられて、頭が真っ白だ。自分の身体は三隅を受け入れるための器《うつわ》なのだと、実感する瞬間だ。

「ん、ん、ん、ん、んぁ」

さらに次のピークがやってきた。

打ち据えてくる三隅の動きに、余裕がなくなっている。嵐のような快感の中で硬く尖った乳首を指先でつまみとられ、擦りあわされながら、最後の突き上げを受けることになった。

「んぁ！　あ！　あ！　あ！」

きつく三隅のものを締めつけながら達した東宮の腰を強く引き寄せて、三隅が深くまで埋めこんだ後で、ようやく動きを止めた。

「……っ」

小さな声とともに、身体の中に熱いものが注ぎこまれてくる。

「ッ」

ぞくりと身体が痺れた。三隅もイったのだ。

何かを達成できたような幸福感に、ゆっくりと身体の力が抜けていく。

絶頂感が落ち着いた後で、三隅は中のものを抜き出した。

「……っ」

その甘ったるい感覚に、息が漏れる。

後始末をする三隅をぼんやりと見守りながら、動く気力もなくなされるがままになっていた。足の奥の濡れたところを拭かれると、息を呑むしかなかった。

三隅がごろんと横に寝転びながら、東宮を抱き取って優しくその髪を撫でる。

すぐそばに、三隅の顔があった。大好きなハンサムな顔立ちに、汗に濡れた髪が色っぽさを増している。

——俺の。

東宮はその腕の中で、そっと目を閉じた。

昔からずっと好きだった。これからも、三隅のことを嫌いになれないはずだ。

いろいろ問題はある男だが、課長に罪を着せられそうになった事件を通じて、東宮にはある種の開き直りが生まれていた。

——三隅と一緒にいたい。

それに勝る幸せはない。三隅は東宮を助けてくれた。あの助けがなければ、東宮は今ごろ、えん罪で拘留されていた可能性もある。こうしていられるのは、三隅のおかげだ。

三隅が依頼してくれた弁護団はとても優秀で、実務面で優れていたのみならず、精神面でも支えになってくれた。

――だから、ね。よっぽどおまえに愛想を尽かすようなことがなければ、ずっとそばにいたいよ。

むしろ、こんなにハンサムで魅力的な三隅が自分の家にいてくれることが、特権のように思えてきた。

いつ三隅に愛想を尽かされるのかわからない不安はあるけれども、それでもわりとここに居着いてくれるように感じているのは、思い上がりだろうか。

三隅の腕に顔を埋める形で寝返りを打ちながら、東宮は小さくつぶやいた。

「……好きだよ」

聞こえるか、聞こえないかぐらいの小さな囁きだが、こんなときだけ三隅は耳ざとい。

手首をつかまれて薄く目を開くと、三隅は東宮の指先に軽く口づけて、お返しとばかりに言ってくれた。

「俺も。東宮のことが好き」

こんなふうに、三隅からの告白を聞くのは初めてではないだろうか。

不覚にも胸がジンと熱くなり、じわりと涙があふれそうになる。

ずっと、引きずってきた初恋の相手だ。

こんな将来を、あのころは思い描きようもなかった。ただひたすら押し殺して、気づかれないようにするだけで精一杯だった。

こんな幸せがあっていいのだろうか。

何だかんだ言っても大好きで、その相手に大切にされている。

東宮はそっと目を閉じる。

今の幸福に勝るものは、ないはずだった。

あとがき

このたびは、「どうしようもない恋」を手に取っていただいてありがとうございます。

ヒモ攻とツンツンエリート官僚受なんですが、昔からこういう、ろくでなしに引っかかっちゃう、優等生受というのが大好きです。何度となくチャンスがあるたびに書いている気がするのですが、今回は攻がヒモ、ってことで、うきうき書きました。なかなか、いい感じの二人になったような。

どうしようもなく相性が悪い相手だとわかっていても、好きになってしまったからには、仕方がないのです。攻に好かれるはずがないとわかっていても、ひたすら恋い焦《こ》がれる受が好きです。気持ちを正直に表せなくって、ツンツンツンツンしちゃうような。今回は相手がヒモだったので、なおさら「ダメだダメだダメだ」っていう受の葛藤が書けたので、とてもとても楽しかったです。

そして、ヒモ攻！　昔から受の気持ちを熟知した上で、その弱みにつけこんであやつるひどい攻が、大好物です。最初のころは受のことなどどうでもよかったはずなのに、どんどんはまっていけばいくほど、いじったり、もてあそばずにはいられない感じなのも好き！

ＢＬのカプにはいろんな理想型があるので、その中の一つを選んで書くことになるのですが、これからも機会があればこういうふたりを書いていきたいです。あ、私、受の「可哀相萌え」っていうのがあって、受が攻のこと好きで振り回されるのがとっても好きです。

このお話に素敵なイラストをつけていただいた、高城《たかぎ》たくみさま。めっちゃ素敵な二人を
ありがとうございました。もてあそぶ感じのヒモ攻イラストに、ドキドキしました……!!

そして、何かとお世話になった担当さん。ヒモ大好きということで、プロットを通してい
ただきましたが、少しはお好みに合いましたでしょうか。本当にお世話になりました。

何より読んでくださった皆様に、心からの感謝を。
ご意見ご感想など、お気軽にお寄せください。ありがとうございました!

Splush文庫

この本を読んでのご意見・ご感想をお待ちしております。

◆ あて先 ◆

〒101-0051

東京都千代田区神田神保町2-4-7 久月神田ビル7階

㈱イースト・プレス　Splush文庫編集部

バーバラ片桐先生／高城たくみ先生

どうしようもない恋《こい》

2018年7月30日　第1刷発行

著　　者　バーバラ片桐《かたぎり》

イラスト　高城《たかぎ》たくみ

装　　丁　川谷デザイン

編　　集　藤川めぐみ／河内諭佳

発 行 人　安本千恵子

発 行 所　株式会社イースト・プレス
〒101-0051
東京都千代田区神田神保町2-4-7 久月神田ビル
TEL 03-5213-4700　FAX 03-5213-4701

印 刷 所　中央精版印刷株式会社

ISBN 978-4-7816-8615-8